DANS LA PAIX DES SAISONS

Consacré en 2015 comme l'un des dix romanciers préférés des Français, Christian Signol est né dans le Quercy et vit à Brive, en Corrèze. Deux veines dans son œuvre : celle des grandes sagas populaires en plusieurs tomes (de *La Rivière Espérance* aux *Messieurs de Grandval* en passant par *Les Vignes de Sainte-Colombe*, Prix des Maisons de la Presse 1997) et celle des œuvres plus intimistes, récits ou romans, telles que *Bonheurs d'enfance*, *La Grande Île*, *Ils rêvaient des dimanches* ou *Pourquoi le ciel est bleu*. Depuis trente ans, son succès ne se dément pas. Ses livres sont traduits en quinze langues.

CHRISTIAN SIGNOL

Dans la paix des saisons

ROMAN

ALBIN MICHEL

ISBN : 978-2-253-07399-4 – 1re publication LGF

À Jacky, parmi nous.

« Ce qui a été perdu ne se retrouve pas,
vaine quête de jadis, mais se reconstruit. »

LOUIS-RENÉ DES FORÊTS.

1

Quand il était monté dans sa voiture, la veille au soir, il était épuisé et cependant il n'avait pas hésité à partir. Il s'appelait Matthieu, il avait quarante ans, et le monde pour lui s'était écroulé quand le verdict était tombé brutalement, jeté par la voix froide, sans la moindre émotion, d'un professeur pressé : « Tumeur aux poumons. Il faut opérer rapidement. » C'est à peine si Matthieu avait songé à obtenir des explications : il les connaissait depuis plusieurs semaines, c'est-à-dire depuis que les quintes de toux s'étaient multipliées et qu'une immense fatigue l'accablait. Il lui semblait chaque matin devoir gravir une montagne, ne fût-ce que pour se lever, mettre un pied devant l'autre, seulement même respirer.

Il avait quitté l'hôpital comme un voleur – étrange, cette impression de culpabilité – et il se demandait encore comment il avait trouvé la force d'annoncer la nouvelle à Odile, sa femme, une heure plus tard.

Il n'avait rien annoncé, en fait, il avait seulement posé les radios et les résultats d'analyses sur la table et elle avait compris. D'autant qu'il lui avait confié ses malaises, sa fatigue, mais sans parvenir à imaginer pareille issue, pareil coup de couteau en plein cœur assené avec une brutalité inouïe. Un peu plus tard, comme elle l'avait rejoint dans la chambre où il était allé s'allonger, il s'était enfin résolu, avec ménagement, à préciser qu'il devait être opéré avant trois semaines si possible. L'hôpital rappellerait dès que le professeur aurait fixé la date.

Quinze jours après, c'était fait. Il était resté branché de partout pendant deux semaines, évoluant entre demi-coma provoqué par la morphine et réveils douloureux, puis le chirurgien lui avait annoncé lors de sa dernière visite :

— J'ai fait ce que j'ai pu. Tout dépend de vous. Vous décidez, en quelque sorte, si vous voulez vivre ou mourir, c'est-à-dire changer de mode de vie ou pas.

— Changer de mode de vie ?

— Oui : plus de cigarettes, plus de stress.

Il avait ajouté, toujours avec la même froideur :

— Vous allez souffrir pendant quelques mois, j'ai dû casser deux côtes pour pouvoir passer. Il faut que les tissus s'adaptent et retrouvent leur place.

Matthieu était sorti de l'hôpital dans un état d'épuisement total, amaigri de dix kilos, souffrant le martyre, le souffle court, et il s'était demandé s'il n'allait pas avaler d'un coup la totalité de ses calmants, tout simplement, si ce ne serait pas mieux de quitter la vie ainsi. Odile avait manifesté le souhait d'arrêter de travailler pour lui tenir compagnie, mais il avait refusé. Il ne voulait pas de son regard sur lui : cette frayeur, tout à coup, sans pitié, heureusement, mais empreinte d'une souffrance au moins égale à la sienne – et c'était de cela, avant tout, qu'il ne voulait pas. C'est alors qu'il avait décidé de partir, d'aller se cacher comme ces animaux qui s'isolent pour mourir, et que nul ne découvre, ou alors par hasard, décharnés, méconnaissables, étrangers pour toujours à la souffrance et à la pitié des vivants.

Il avait vécu plusieurs jours avec cette farouche détermination jusqu'à ce qu'un soir, au plus profond de ce gouffre, en ouvrant la fenêtre, quelque chose se réveille en lui : une sensation oubliée, une odeur d'herbe, de feuilles, d'arbres, un souffle de vent chaud, il ne savait quoi au juste, mais en fermant les yeux il avait aperçu la maison où il avait grandi, loin de Paris, et il s'était revu au cours des étés de là-bas, au temps où l'on croit que tout est fait pour durer, que rien, jamais, n'abolira le merveilleux de la vie, de l'enfance et du monde. Qui savait si là-bas, au lieu de se cacher, de disparaître, il ne pourrait pas tenter de retrouver la force de résister, de gagner ce combat qui lui semblait terrifiant ?

Là-bas, c'était chez Paul et Louise, ses grands-parents qui l'avaient élevé de l'âge de trois ans jusqu'à l'âge de onze ans. Car à Paris il était un enfant souffreteux, d'une maigreur extrême – en danger, avait décrété le médecin de famille. Il devait donc grandir à la campagne, et non dans cet appartement de Saint-Ouen, ville où son père travaillait dans l'une de ces usines qui rejetaient jour et nuit des fumées nocives. Sa mère, qui était née « là-bas », dans une belle vallée du Lot arrosée de ruisseaux vifs et de rivières, riche de magnifiques arbres et de prairies, avait pensé à ses parents : Louise et Paul, qui avaient accepté de prendre Matthieu avec eux, dans la petite maison au milieu des prés. C'était en 1960 et il y était resté jusqu'en 1968. Depuis, il ne les avait revus que trois ou quatre fois, brièvement, lors de quelques déplacements dans le Sud-Ouest, tellement la vie l'avait emporté dans un tourbillon de travail et d'obligations qui l'avaient éloigné d'eux inexorablement.

Dix ans qu'il n'y était pas revenu, mais c'était à eux qu'il avait pensé au cours de cette nuit-là, comme s'il y avait entre ses grands-parents et lui une faille, une blessure, un oubli par où s'était glissée la maladie, et il n'avait pu s'absoudre d'un remords aussi douloureux, soudain, que son corps mutilé.

— Voyons ! avait dit Odile. Il n'y a pas de rapport. Qu'est-ce que tu vas chercher ?

Mais elle ne s'était pas opposée à ce qu'il parte, avait même proposé de le conduire « là-bas ».

— Non ! Je te remercie, avait répondu Matthieu. Mais j'ai besoin d'y aller seul.

Elle s'était inquiétée d'un si long trajet alors qu'il était si fatigué, si souffrant, mais il n'avait pas cédé, et il était parti le lendemain soir, après avoir passé l'après-midi à régler les problèmes en cours – courrier, banque, assurances –, pour être certain de ne pas renoncer.

Il était aussi allé voir sa mère pour la prévenir, mais également pour la rassurer. Elle était venue plusieurs fois à l'hôpital, et, bien qu'elle ne se livrât pas volontiers, il savait qu'elle souffrait beaucoup de le voir tutoyer la mort à quarante ans. Mais c'était une femme forte, à l'image de ses parents. À son grand soulagement, elle n'avait pas tenté de le dissuader, au contraire :

— Tu les embrasseras pour moi et tu leur diras que j'irai les voir en août, comme d'habitude, avait-elle dit.

Elle lui avait seulement fait promettre de ne pas rester absent trop longtemps et il avait promis, étant prêt à tout pour pouvoir s'enfuir, se recroqueviller, éviter de réveiller la douleur, surtout la peur, ne pas penser, sinon au temps où, précisément, rien ne le menaçait, à l'époque où le monde, dans la paix des saisons, n'était que soleil et lumière, sans le moindre chagrin.

2

Il était parti à la tombée de la nuit en se demandant comment Paul et Louise allaient l'accueillir, et il s'était senti rongé par les remords de les avoir « oubliés » si longtemps. C'était injustifiable, il le savait, mais il savait aussi qu'il ne leur ferait pas l'affront d'inventer de fausses excuses. Ni l'un ni l'autre ne méritaient ça. Il avait réalisé qu'il les avait depuis toujours, ou presque, appelés par leurs prénoms. Ce n'était guère la mode, à l'époque, mais il l'avait fait par jeu, comme souvent les enfants, et il en avait gardé l'habitude, ni Louise ni Paul n'ayant voulu le contrarier.

Les parfums de la nuit – les mêmes qui avaient réveillé quelque chose en lui – étaient entrés par la fenêtre ouverte passé Orléans, l'avaient accompagné un long moment, adoucissant la douleur et la peur. Odeurs d'écorce, de feuilles, de fougères qui jaillissaient des bois après la terrible morsure du soleil. Il avait continué à rouler dans une sorte de bien-être qu'il savait factice, mais qui l'apaisait un peu, si bien que la nuit n'avait été qu'un long rêve éveillé.

À deux heures du matin, ses yeux se fermaient tout seuls. Il s'était arrêté sur une aire de repos déserte, s'était endormi aussitôt sans se poser la question de savoir où il se trouvait exactement, ni si en agissant ainsi il ne se mettait pas en danger. La délivrance pour quelques minutes, une heure peut-être, si le refuge du sommeil n'était pas contaminé par ces cauchemars qui ressurgissaient à intervalles réguliers, ces oiseaux morts à l'écart, ces animaux silencieux et souffrants auxquels il ressemblerait s'il ne rencontrait pas le secours espéré.

Peu avant de s'éveiller, il avait aussi rêvé d'Odile, dévastée comme lui, et incapable de trouver les mots au moment où il était monté dans sa voiture. Pendant les dernières heures, elle était devenue muette, soudain, et ne lui avait plus été d'aucun secours car elle se noyait elle aussi dans la perspective d'un avenir désormais redoutable. Elle s'était blottie un instant contre lui, puis s'était écartée, avait attendu qu'il démarre pour se détourner, mais il avait eu le temps de la voir essuyer sa joue droite...

Le klaxon d'un poids lourd le fit se dresser en sursaut. Il avait faim et froid. Il consulta sa montre : cinq heures. Il avait dormi beaucoup plus qu'il ne le croyait. La douleur s'était réveillée. Il avala un calmant puis il repartit, soudain pressé d'arriver à bon port, mais il était encore à plus de trois cents kilomètres et il se demanda s'il trouverait la force de conduire jusque là-bas. Ses yeux avaient encore tendance à se fermer; heureusement l'aube se levait tôt en ce mois de juin, et la lumière du jour éclaira bientôt la campagne de part et d'autre de la nationale qui s'attardait entre les prés et les bois, beaucoup plus que l'autoroute qu'il avait quittée à Vierzon.

Le changement d'univers était si brutal, il se sentit si loin de sa vie ordinaire – un appartement à Maisons-Alfort et un bureau à Charenton – qu'il eut besoin de récapituler l'essentiel de son existence, de son métier d'architecte qui ne lui donnait plus, aujourd'hui, les satisfactions du début. Son diplôme en poche, après des études que ses parents, passé le baccalauréat, avaient payées au prix de nombreux sacrifices, il n'avait pas osé s'installer à son compte – n'ayant pas assez de relations, pas assez d'assurance – et il était entré dans un cabinet qui travaillait pour les promoteurs.

On construisait partout dans la grande banlieue de Paris : immeubles, logements, maisons individuelles dans des lotissements qui donnaient l'impression de se trouver loin de tout, au bout de la dernière route qui venait juste d'être goudronnée, ces zones nouvellement créées où tout était à bâtir : grands magasins, piscines, gymnases, bâtiments d'administration et pavillons à bon marché, donc, tous construits sur le même modèle, pour des familles qui s'endettaient à vie.

Pas de quoi être fier. Et pourtant il était bien considéré grâce à son sérieux et sa capacité à mener à terme rapidement les projets les plus compliqués.

Constamment débordé, il ne tenait que grâce au tabac et à l'alcool : plus de deux paquets de Stuyvesant par jour, et, pour garder le rythme, dès que le tonus baissait pendant la journée, quelques whiskys, devenus au fil des ans de plus en plus nombreux. Avec le salaire d'Odile qui était employée de banque, à Paris, ils vivaient confortablement. Leur seule blessure était de ne pas avoir d'enfant. Aussi avaient-ils entamé une procédure d'adoption l'année précédente, et si Matthieu y avait consenti, c'était parce qu'il avait compris que sa femme en avait terriblement besoin. Depuis sa maladie, toutefois, il se demandait s'il était bien raisonnable de poursuivre cette démarche, au profit d'un enfant qui risquait de ne pas avoir de père, et il avait tout simplement décidé de remettre ce problème à plus tard.

L'été, ils allaient chez la famille d'Odile, c'est-à-dire en Vercors, à Villard-de-Lans, où ils faisaient de longues randonnées dans la montagne. C'était bien normal puisque lui, Matthieu, avait encore sa mère, Marie, qui vivait dans l'appartement de Saint-Ouen, et qu'il pouvait la voir souvent, s'étonnant parfois qu'elle ne revînt pas plus souvent où elle était née, près de ses parents.

— Ton père est mort, et je n'ai plus que toi, disait-elle à Matthieu. Quant à mes parents, ils sont en bonne santé et ils n'ont besoin de personne.

Elle avait soupiré, puis ajouté :

— On est devenus trop différents : tu comprends, on ne vit pas de la même manière en ville ou à la campagne. Quand je vais les voir, j'ai l'impression de les déranger. C'est terrible de dire ça, mais c'est la vérité.

En réalité, Matthieu savait qu'ils s'étaient plus ou moins fâchés le jour où sa mère avait voulu le reprendre, malgré les réticences de Paul et de Louise qui affirmaient qu'il était heureux avec eux.

— Et son avenir ? Vous y pensez ? s'était indignée sa mère ce jour-là. C'est fini, ici, tout est en train de mourir ! Bientôt vous n'aurez plus de travail, ni l'un ni l'autre. D'ailleurs c'est déjà le cas. C'est ce que vous souhaitez pour votre petit-fils ?

Était-ce bien vrai qu'ils n'avaient besoin de personne ? Sans doute, puisque Matthieu se rappelait Paul comme un homme d'une force incroyable, une espèce de roc que la guerre n'avait pas épargné : il avait été fait prisonnier en 1940 mais s'était évadé. Une fois en France, il avait rejoint la Résistance, puis il s'était engagé pour aller châtier jusque dans son cœur le monstre nazi. Il n'en parlait jamais. Matthieu se souvint soudain d'un de leurs premiers échanges quand il était arrivé là-bas, enfant, et qu'il avait demandé à son grand-père occupé à battre le fer dans sa forge :

— C'est vrai que tu as fait la guerre ?

— Qui t'a raconté ça ?

— Maman.

— Ne me parle pas de ça !

Dans la voiture, les mêmes larmes qu'alors jaillirent des yeux de Matthieu qui dut s'arrêter sur le bas-côté de la route. Et le souvenir de cet homme farouche, indomptable, qui ne se plaignait jamais alors que les automobiles faisaient disparaître les chevaux, qu'il continuait de forger des fers qu'il ne vendrait jamais, l'emporta vers les jours de lumière.

Il revit les yeux noirs sous les sourcils broussailleux, le chapeau informe et poussiéreux qui cachait mal la calvitie précoce, la chemise où il manquait toujours des boutons au grand désespoir de Louise ; les pantalons bleus attachés par une ceinture en cuir épais, les sabots dans lesquels il marchait nu-pieds, le vaste torse, les cuisses puissantes, et le bras droit anormalement développé qui jamais, au grand jamais, ne s'était levé sur qui que ce fût : le regard, seul, suffisait à imposer le respect.

Louise était son contraire : menue autant qu'il était fort, et la finesse de ses traits la rendait plus fragile encore, mais faussement. Il suffisait de rencontrer le regard vert, aigu, perçant, pour comprendre qu'il n'y avait là pas la moindre place pour la faiblesse ou le renoncement. Ce corps gracile était habité par un esprit sans failles, sans faiblesses, à l'image de l'homme qu'elle avait choisi.

À la réflexion, Matthieu comprit que plus qu'une capitulation solitaire et définitive, c'était cette force qu'il allait chercher là-bas, une énergie qui présentait des affinités avec des odeurs, des parfums, un monde où la défaite était niée, traitée avec le mépris qu'elle méritait, où jamais le moindre gémissement ne passait entre les lèvres le plus souvent closes, où l'on s'exprimait surtout par le regard, les gestes retenus, rarement des paroles qui disaient seulement l'essentiel d'une vie que la rudesse du monde extérieur ne ménageait jamais. Car la vie était un combat, et il était bien entendu une bonne fois pour toutes qu'il fallait serrer les dents pour le gagner. Tout le reste n'était que fantaisie et perte de temps, que la pauvreté n'autorisait pas. Ce qui n'excluait pas le bonheur, heureusement. Il suffisait de se contenter de peu de choses, ce que Louise et Paul savaient faire à merveille.

Et ce que Matthieu avait appris dès son plus jeune âge, croyant simplement que tous les gens vivaient de la même manière, jusqu'à ce que les portes de l'autre monde s'ouvrent devant lui, le jour où il avait regagné le foyer de ses parents, et donc Paris, où sa mère l'avait ramené en lui faisant brusquement mesurer la différence qui existait entre ce qu'il avait vécu et ce qui l'attendait : un fossé qu'il allait devoir combler en réussissant ses études – son dossier de bourse au lycée venait d'être accepté.

Que c'était loin, tout ça ! Si loin et si près à la fois ! Il repoussa le souvenir de cette rupture qui avait été si douloureuse, le combat qu'il avait mené quand ses parents lui avaient appris qu'ils allaient le reprendre avec eux, et il appuya sur l'accélérateur, comme pour fuir cette menace qu'il retrouvait intacte, ce matin-là, alors qu'il approchait du but et qu'il avait hâte, maintenant, de trouver ce qu'il était venu chercher, et dont il avait tant besoin.

3

Il quitta la nationale et prit à droite pour entrer dans la vallée qui s'étendait entre les collines cendrées du causse d'un côté, et, de l'autre, les premiers contreforts du Massif central. Il traversa le village de Bayac où il était allé à l'école, aperçut des enfants dans la cour, sentit son cœur s'accélérer et il s'arrêta pour les observer un moment, se revoyant au même âge, il y avait... combien de temps, mon Dieu ? Plus de trente ans, évidemment, puisqu'il en avait quarante aujourd'hui.

Les enfants jouaient au football, filles et garçons mêlés, dans la cour où avaient été disposés deux buts en bois qui n'existaient pas à l'époque. À l'époque, de surcroît, les filles ne s'ébattaient pas dans la même cour, mais dans celle d'à côté, et elles étaient séparées des garçons par une murette, qu'on avait supprimée. Il sourit en regardant ces enfants insouciants, si joyeux, rassuré de constater qu'un peu de vie demeurait encore en ces lieux pourtant de plus en plus désertés.

Une maîtresse jeune, brune, sortit sur les marches de la classe pour appeler les enfants qui ne cessèrent pas pour autant de jouer, et il fallut qu'elle s'approche d'eux pour se faire obéir, ce qui amusa Matthieu. Il fut déçu de voir la cour se vider, songea à quitter sa voiture pour aller y marcher, puis se dit que c'était ridicule, qu'on ne comprendrait pas ce qu'il faisait là. Et cependant il descendit, traversa la rue, poussa le portillon, fit quelques pas sur ses jambes tremblantes, tenta de revoir les silhouettes de ses camarades d'alors, alla s'asseoir sous le préau, sur une chaise qui devait servir à la maîtresse pour surveiller la cour, entendit distinctement des cris d'enfants, fut submergé par une vague d'un bonheur ancien, si fugace qu'il inspira profondément comme pour le retenir, mais en vain.

— Monsieur ?

Il ne l'avait pas vue arriver, et il se demanda depuis combien de temps il était assis là.

— Monsieur ? Ça ne va pas ?

La brunette se tenait devant lui, inquiète de cette présence inconnue.

— Si ! fit-il. Tout va bien.

Un silence, puis :

— Je peux savoir ce que vous faites ici ?

Il hésita, esquissa un geste vague de la main, murmura :

— J'ai fréquenté cette école quand j'étais enfant.

Elle hocha la tête, parut rassurée.

— Je comprends, fit-elle.

Que pouvait comprendre une jeune femme d'une vingtaine d'années à un saut aussi vertigineux dans le temps ? Et cependant, une lueur d'intelligence vive s'alluma dans les yeux noirs quand elle demanda :

— Il y a longtemps ?

— Oui. Il y a longtemps.

Puis, comme elle jetait un coup d'œil inquiet vers sa classe, il ajouta en se levant :

— Ne vous inquiétez pas. Je m'en vais.

Il eut un vertige, vacilla, mais réussit à le dominer. Elle fit quelques pas près de lui, demanda encore :

— Vous êtes sûr que ça va ?

— Oui. Merci.

Allait-il pouvoir traverser la cour ? Il mobilisa ses forces pour ne pas tomber, y parvint, ouvrit la portière de sa voiture avec soulagement, attendit que son cœur se calme avant de redémarrer. Ensuite il roula lentement, très lentement, pour sortir du village et suivre la petite route qui, deux kilomètres plus loin, le conduirait à destination. Combien de fois l'avait-il parcourue, cette route qui sinuait entre les prés et les champs, à travers une étendue sans le moindre relief, seulement bordée de quelques fermes basses, tapies dans la verdure !

Plus il avançait et plus la sensation délicieuse de « rentrer à la maison » l'envahissait. Il l'avait découverte dans il ne savait plus quel livre, mais voilà qu'elle s'imposait merveilleusement à lui, ce matin-là. C'était exactement cela : « rentrer à la maison ». Que ne l'avait-il fait plus tôt ? Peut-être alors aurait-il échappé à cette blessure mortelle dont, à présent, il mesurait la gravité. C'était absurde, mais c'était vrai. Tout simplement. Du moins en était-il persuadé, alors que, arrêté maintenant sur le bord de la route, cherchant son souffle, incrédule, bouleversé, il examinait les nappes de brume qui flottaient sur les prés comme sur une mer verte et calme, immobiles, transparentes, irréelles. Où se trouvait-il ? N'était-il pas en train de rêver ? Non ! Il allait arriver chez Louise et Paul qui devaient l'attendre puisqu'il avait téléphoné la veille au soir pour annoncer sa venue. C'était Louise qui avait décroché – même voix calme et douce –, elle lui avait passé Paul qui avait dit simplement :

— On t'attend.

Il se demanda une nouvelle fois comment ils allaient l'accueillir après tant d'années d'absence, et le même sentiment de culpabilité que lors de la nuit passée l'accabla. Pas longtemps, cependant, car une vague de bonheur insensé le submergea à la pensée de les revoir, et il repartit toujours aussi doucement, comme pour réapprivoiser avec précaution ce monde qu'il avait abandonné.

Des vaches somnolaient sous des bouquets de saules ; dans les champs un homme se mouvait avec une lenteur que rien, aujourd'hui comme avant, ne semblait pouvoir troubler, pas même les années, pas même la maladie, pas même la mort. On eût dit que rien ne bougeait, ni les feuilles des arbres, ni les bêtes allongées dans l'herbe, ni les milans englués dans le bleu du ciel. Au loin, à un kilomètre devant Matthieu, le rideau des peupliers le long de la rivière adoucissait davantage encore cette vallée assoupie dans la paix du matin.

Il s'arrêta devant le départ d'un chemin de terre qui lui rappela quelque chose, mais quoi ? Il redescendit de voiture, prit le chemin creusé d'ornières entre deux haies fleuries d'églantiers. Là non plus, rien n'avait changé ou seulement, au loin, deux ou trois maisons récentes que les arbres coiffaient en les dissimulant à moitié, au-delà de la pâture vers laquelle conduisait le chemin. C'est alors que derrière la haie surmontée de deux immenses sureaux, il la reconnut : une petite grange abandonnée qui lui servait de refuge, les jours de pluie, et qu'il avait peuplée d'objets divers empruntés à Paul : quelques outils, une vieille chaise de paille crevée, une mangeoire où il s'allongeait, les mains derrière la tête, pour rêver.

Si les outils avaient disparu, la mangeoire était toujours là, et il ne résista pas au besoin de s'y allonger brièvement, et de deviner dans la pierre, à hauteur de sa tête, sur la droite, l'inscription qu'il avait gravée la veille de son départ pour Paris : 30-8-1968. Était-ce possible ? Oui, c'était bien elle, et tout le chagrin d'alors lui revint en mémoire, au point qu'il se releva prestement et ressortit de la grange en se demandant une nouvelle fois comment il avait pu quitter ce monde dans lequel il avait grandi – mais c'était une question à laquelle il avait souvent répondu : il était parti parce que, à cette époque-là, nul ne pouvait plus vivre comme avant, le travail se trouvait désormais dans les villes. Même Louise et Paul n'avaient pu s'opposer à ce que leur fille s'en aille à Paris, son diplôme de secrétaire comptable en poche.

De surcroît, quand on est enfant, même à onze ans, on n'est pas de taille à lutter contre des parents ou contre l'immense flot qui vous emporte en vous laissant croire que le meilleur se trouve ailleurs, que la pauvreté est haïssable, que le progrès c'est d'abandonner les prés et les champs pour les banlieues des grandes villes. Comme des millions d'autres, Matthieu n'avait pu s'opposer à cela et il avait la conviction d'en payer le prix. « Absurde », disait Odile. Oui, sans doute. Et pourtant il lui semblait aujourd'hui qu'il avait fait fausse route, et que ce parcours ne pouvait s'achever que tragiquement.

4

Il regagna sa voiture, roula lentement, presque au pas, en approchant de la maisonnette. Il avait atrocement peur, soudain, qu'elle n'existe plus après tant d'années ou qu'elle soit en partie écroulée, méconnaissable, vaincue par le temps, si les forces avaient manqué à Louise et à Paul. À cent mètres d'elle – qu'un bouquet de noyers dissimulait à moitié –, il s'arrêta de nouveau, gara sa voiture sur le bas-côté pour finir à pied, et il s'aperçut qu'il tremblait. La petite route, sur laquelle ne passait jadis pas la moindre voiture mais seulement des charrettes ou des troupeaux, faisait un grand détour vers la droite qui, lorsque Matthieu rentrait de l'école, la dévoilait peu à peu au regard, lui faisant chaque fois battre le cœur plus vite à l'idée que Louise l'attendrait sur le seuil, comme chaque soir.

Il s'efforça de marcher aussi vite qu'il le faisait alors, et tout en marchant il ferma les yeux dans l'espoir fou de les rouvrir brusquement et de l'apercevoir comme avant, appuyée de l'épaule contre le portail ouvert, un morceau de pain agrémenté de beurre et de chocolat râpé à la main. Quand il rouvrit les yeux, il chancela, suffoqua, dut s'asseoir sur une murette pour ne pas tomber, puis il reconnut la maisonnette tout en longueur, la remise et la cave sur le côté gauche, le puits sous le chêne, les volets de ce bleu charrette qui faisait penser au ciel et aux fleurs des champs. En face, de l'autre côté de la cour : la forge de Paul, porte ouverte, noire, déserte, mais d'où pourtant monta le son clair du marteau sur l'enclume, si net, si précis que Matthieu frissonna, ne sachant plus soudain s'il était enfant ou adulte, ou très vieux, ou peut-être mort, déjà de l'autre côté du temps.

Il songea que Louise ne pouvait pas l'attendre appuyée au portail puisqu'elle ne connaissait pas l'heure de son arrivée. De surcroît il arrivait à pied et ni elle ni Paul n'allaient sortir en entendant un moteur. Il faillit faire demi-tour pour aller reprendre son véhicule mais il n'en eut pas la force et il se contenta de franchir le portail, de traverser la cour et de frapper à la porte, deux coups assez forts pour être entendus :

— Oui ! lança la voix de Paul, une voix toujours aussi ferme, sans la moindre faille.

— C'est moi ! dit-il en s'appuyant contre le mur.

Il y eut des raclements de chaussures à l'intérieur, il entendit s'approcher des pas qu'il reconnut comme étant ceux de Louise et ce fut elle, effectivement, qui ouvrit la porte dans un grand sourire.

— C'est toi ! fit-elle. Tu es venu à pied ?

— J'ai laissé ma voiture là-bas, répondit-il avec un geste vague de la main.

Elle l'embrassa, puis le tint un moment à bout de bras, pas très sûre de le reconnaître tant il avait maigri, et dit :

— Entre ! On commençait juste à manger. On t'a attendu, mais il est une heure, et Paul avait faim.

L'odeur, tout de suite, l'envahit délicieusement : un mélange de parfum de café, de pain, de cendres, de braises, de suie, de vieux bois, de plantes mises à sécher, une somme d'effluves familiers, chaleureux, qui pénétrèrent en lui en le faisant vaciller une nouvelle fois.

— Ça ne va pas ? demanda Louise. Viens t'asseoir.

Et, aussitôt, pour ne pas montrer son trouble :

— Je suis sûre que tu n'as pas mangé depuis hier. En ville, vous ne prenez jamais le temps de manger le matin.

Paul s'était levé, avait fait le tour de la table, souriant lui aussi, avec ce regard toujours aussi direct, noir, très noir, plein de force mais aussi de malice. Il embrassa rapidement Matthieu, le laissa s'asseoir sur le banc poli par les ans, et repassa de l'autre côté de la table, face à lui, toujours massif, solide, ses bras énormes appuyés sur la table :

— T'as pas bonne mine !

— C'est vrai, dit Matthieu.

— Tu es maigre comme un clou ! fit Louise.

Et, sans même lui laisser le temps de répondre :

— Tu vas manger une bonne soupe, ça va te faire du bien.

Elle passa dans la petite cuisine contiguë, revint avec une soupière et la posa sur la table en disant :

— Sers-toi !

— J'ai pas très faim.

— Comment ça, pas très faim ?

Matthieu ne répondit pas et se résigna à se servir sous l'œil de Paul qui remarqua :

— C'est pas avec deux petites louches que tu vas pouvoir m'aider cet après-midi.

— T'aider à quoi ?

— À cueillir des fleurs d'acacia, pour que Louise puisse faire des beignets.

Matthieu sourit, hocha la tête, puis se pencha pour humer le pain à croûte noire cuit dans du bouillon qui était mélangé à des pommes de terre, des poireaux, de la citrouille : une soupe épaisse dont Louise avait le secret. Il avala une bouchée et toute une somme de sensations lui revint brusquement, faisant naître une émotion qu'il ne put dissimuler. Il songea en même temps que ni Paul ni Louise ne lui faisaient le moindre reproche de n'être plus venu les voir depuis longtemps. Et, comme il sentait les deux regards dardés sur lui, il murmura subitement :

— Je suis malade.

— Comment ça, malade ? fit Louise avec un air de réprobation.

— Une tumeur aux poumons. On vient de m'opérer.

Voilà, c'était dit, et il s'aperçut qu'il était venu aussi pour ça : s'en délivrer, poser ce fardeau, trouver de l'aide, enfin, dans les yeux des deux vieux qui ne se détournaient pas, et dans lesquels passait une surprise douloureuse, certes, mais pas la moindre commisération.

— Tu as d'autres nouvelles comme celle-là ? demanda Louise.

Elle ajouta pour cacher son émotion :

— Tu dois reprendre des forces ! Il faut que tu manges !

Le regard de Matthieu ne pouvait échapper à celui de Paul qui lui faisait face. Il avait brillé un instant, puis il était devenu dur, plein de colère et de refus.

— C'est pas une raison pour se laisser aller, dit-il.

Puis, en versant un peu de vin dans le verre de Matthieu :

— T'as bien fait de venir. Ici, tu vas te requinquer.

C'était tellement bon, ces quelques mots, que Matthieu ferma les yeux un instant, et il trouva la force d'avaler une première cuillerée de soupe qui coula en lui comme du miel. Quand il les rouvrit, Paul s'était remis à manger, Louise également, mais un lourd silence s'installait, qu'elle voulut rompre en demandant :

— Et Marie, comment va-t-elle ?

— Elle va bien, répondit Matthieu.

Il ajouta aussitôt :

— Enfin, elle s'est beaucoup inquiétée pour moi, mais maintenant un peu moins.

— Tant mieux ! fit Louise, tandis que Paul demeurait muet, sans doute, songea Matthieu, pour ne pas exprimer ses regrets de ne pas voir sa fille assez souvent.

C'est à peine s'il avait changé malgré ses soixante-dix-neuf ans. Plus aucun cheveu, certes, mais son visage ne s'était pas creusé, demeurait rond, et ses sourcils blancs ne se remarquaient pas au-dessus des yeux toujours aussi noirs, animés d'une lueur farouche. Louise, au contraire, s'était un peu affaissée, son visage avait rétréci, mais son regard ne trahissait pas la moindre faille du corps ou de l'esprit.

— Notre Marie, dit-elle en soupirant. Elle n'a jamais beaucoup aimé la campagne.

Le regard de Matthieu se porta vers la cheminée, qui n'était plus ouverte aujourd'hui, mais occupée par un insert situé au milieu du foyer.

— On nous livre du bois demain, dit Paul, souhaitant changer de sujet de conversation. C'est la bonne saison pour qu'il sèche à l'abri. Heureusement que tu es là : tu m'aideras à le rentrer.

Que c'était bon, une nouvelle fois, ces mots simples et chargés de vie, qui témoignaient de préoccupations ordinaires !

— Toujours pas de chauffage central ? fit Matthieu.

— Pour quoi faire ? On couche en bas et on laisse la porte de la chambre ouverte, dit Paul.

— Tu as eu froid, ici, quand tu vivais là ? demanda Louise avec un doute, soudain, dans la voix.

— Non ! Jamais !

— Je te faisais une bouillotte et tu avais un édredon de plumes sur le lit.

— Oui, il était rouge bordeaux.

— Il l'est encore. Il n'a pas changé.

Matthieu regarda vers la porte de sa chambre qui jouxtait celle de Paul et Louise. La maison était tout en longueur : face à la salle à manger, la cuisine et, à côté d'elle, une petite salle de bains. Sous l'escalier qui conduisait à un petit grenier non aménagé : les toilettes. Au bout : deux chambres qui donnaient sur les prés. Modeste demeure mais remplie d'odeurs familières, une rusticité qui ne laissait place qu'au nécessaire et à l'économie. Leur vie était résumée à cette maisonnette qu'ils n'avaient pas quittée et ne quitteraient sans doute jamais, même si la vieillesse et la maladie les diminuaient brutalement. Matthieu en était persuadé et cette pensée le réchauffait, lui faisait du bien.

— Tu ne manges plus ? demanda Louise.

— Non. Je ne peux plus.

— Regarde ! dit-elle en désignant du doigt le plat qui fumait devant Paul. C'est un ragoût de pommes de terre.

Matthieu avait eu bien du mal à terminer sa soupe : son estomac s'était rétréci pendant le mois où il avait été nourri artificiellement. Mais le plat qui sentait bon l'attirait, surtout par son odeur qui éveillait tant de sensations oubliées.

— Tiens ! fit Louise. Un tout petit peu seulement.

Il ne put s'opposer à ce qu'elle le serve, et il porta lentement la cuillère à la bouche sous l'œil de plus en plus inquiet de Paul. Mais celui-ci ne dit mot et coupa un morceau de la tourte de pain à la croûte épaisse qui lui servit à saucer son assiette déjà vide. Un silence, de nouveau, s'installa, troublé par Louise qui dit brusquement, constatant que décidément non, Matthieu ne pouvait plus rien avaler :

— Tu dois être fatigué si tu as roulé de nuit.

Et elle ajouta, se levant comme pour l'inviter à la suivre :

— Ta chambre t'attend. Il y fait frais malgré la chaleur parce que je n'ouvre pas, sinon le soir avant de me coucher. Tu dormiras bien.

Malgré son désir de les rassurer, de prolonger ce contact qui lui était si précieux, il n'eut pas la force de refuser.

— Je vais aller faire une sieste, moi aussi, dit Paul. Il fait trop chaud l'après-midi.

Louise poussa la porte de la petite chambre dont Matthieu reconnut aussitôt l'odeur de linge et de bois légèrement humide, la grande armoire contre le mur, et, en face, le lit le long d'un cosy où se trouvaient quelques livres : les mêmes qu'il avait connus, lui sembla-t-il, avant qu'il ne se retourne pour remercier Louise.

— Je te laisse, fit-elle. Repose-toi !

Il repoussa le couvre-lit de couleur rouge, se déchaussa, s'allongea sur le dos sans se déshabiller, puis il appela Odile pour la rassurer : il était bien arrivé, tout s'était bien passé, elle ne devait pas s'inquiéter. Deux rais de lumière perçaient l'obscurité, venus des volets qui jointaient mal, et dès qu'il ferma les yeux, il eut l'impression que toutes les années qui s'étaient écoulées depuis son départ venaient d'être abolies en un instant. Flottant déjà dans un demi-sommeil, il songea vaguement qu'il pouvait mourir là, maintenant, et que c'était peut-être ça qu'il était venu chercher ici, dans une sorte de renoncement bienheureux qui le délivrerait de tous ses tourments.

5

Il s'éveilla en ayant la sensation de n'avoir pas si bien dormi depuis longtemps. Il tendit l'oreille, mais il n'y avait aucun bruit dans la maison. Où donc pouvaient se trouver Louise et Paul ? Bien qu'ayant mangé plus que de coutume, il ne se sentait pas mal : en tout cas la douleur qu'il redoutait dans sa poitrine le laissait en paix. Il s'assit sur le lit, alluma la lumière, se tourna vers les livres qui avaient été ceux de son enfance : le Club des Cinq d'Enid Blyton, des exemplaires de la collection Rouge et Or, dont *Le Marchand de Venise* qu'il avait lu plusieurs fois, *Sans famille* d'Hector Malot, *Les Misérables*, des Jules Verne, des *Pif le chien*, d'autres encore dont le contenu lui revenait en mémoire comme une vague qui l'emportait vers un autre temps, quand la souffrance et la peur n'existaient pas.

Quelle heure pouvait-il bien être ? Il consulta sa montre et constata qu'il avait dormi quatre heures, alors qu'il pensait avoir sombré seulement une heure ou deux. Il se leva, passa dans la salle à manger déserte où il s'assit quelques instants pour réapprivoiser ce monde oublié, dont il percevait la paix dans une sorte de dérive heureuse, insouciante, comme lorsqu'on se laisse porter sur l'eau. Pas le moindre bruit, sinon le bourdonnement d'une mouche contre la vitre de la cuisine dans laquelle il passa pour se rafraîchir le visage à l'eau de l'évier. Où donc se trouvaient Paul et Louise ?

Il sortit, s'arrêta sur le seuil que la chaleur de l'été embrasait encore, bien que le soleil eût basculé à l'horizon, aperçut devant lui la porte ouverte de la forge qui laissait apparaître une ombre fraîche qui l'attira. Il traversa la cour rapidement, comme quand il se levait, le jeudi matin, après avoir entendu Louise recommander à Paul :

— Ne va pas à la forge ! Laisse dormir le petit !

Tout était là, soudain, devant lui : la grande enclume, la bigorne, les deux étaux, la hotte, le soufflet, le baquet d'eau où les pièces rougies refroidissaient en rejetant un jet de fumée grise, des tas d'outils devenus de plus en plus inutiles au fur et à mesure que le temps passait ; les murs noirs qui, pourtant même aujourd'hui, si longtemps après, paraissaient toujours à Matthieu éclairés d'un incomparable soleil.

Il s'assit sur le tabouret situé derrière l'enclume, revit le bras énorme de Paul se lever, s'abattre avec une force décuplée par une rage secrète, entendit le son clair et sourd à la fois du marteau qui forgeait la pièce portée au rouge, puis il lui sembla que Paul se retournait en disant comme chaque fois :

— Ah, tu es là, petit !

Matthieu s'entendit répondre : « Je suis là », et, se levant brusquement, au lieu de sortir, il s'empara d'un marteau, introduisit une pièce de fer dans l'enclume et se mit à cogner. Pas longtemps. La sueur mouilla son front, le souffle lui manqua, ses jambes se mirent à trembler, il s'assit de nouveau sur le tabouret, murmura :

— Paul ! Aide-moi !

Son cœur s'apaisa, il demeura un long moment assis pour mieux ressentir la présence qu'il était venu chercher, mais, incapable de bouger, les yeux noyés, il tenta de deviner la silhouette de l'homme qui l'avait accompagné pendant les huit années les plus lumineuses de sa vie, et dont la voix, soudain, résonna, d'une fermeté rassurante :

— Va plutôt aider Louise au jardin !

Matthieu hocha la tête, sortit, traversa la cour, aperçut l'enclos qui se trouvait entre la route et le rideau des fins peupliers, et où, jadis, il se penchait près de Louise sur les haricots verts, les petits pois, l'oseille, les salades, les tomates, tous ces légumes qui les aidaient à vivre, depuis que Paul ne forgeait plus de fers pour les chevaux mais seulement des outils que lui achetaient de moins en moins les paysans.

Un monde mourait, mais Paul et Louise se battaient contre cette mort lente avec une énergie qui n'avait rien de désespéré. Il forgeait des fers qu'il ne vendrait pas, mais il les forgeait quand même, tandis qu'elle préservait leur indépendance avec les légumes de leur jardin et les volailles de la cour. De quoi se seraient-ils plaints ? Ce n'était pas parce que le monde changeait sans eux qu'ils allaient en parler chaque jour et s'en désoler. Ils avaient assez à faire, surtout depuis que leur petit-fils leur était tombé du ciel, récompense suprême d'une vie qu'ils n'auraient jamais osé espérer...

Matthieu traversa la route, ouvrit le portillon qui empêchait les poules d'entrer, et il se trouva face au jardin, intact lui aussi, et s'assit sur le petit banc situé à droite du portillon, sous un prunier, cherchant vainement du regard la silhouette de Louise qui, jadis, se penchait sur les carreaux de légumes, se relevant de temps en temps pour vérifier qu'il était bien là, lui souriant, avant de se remettre au travail. Il allait alors vers elle et demandait :

— Je peux t'aider ?

— Remplis ce panier !

Il s'exécutait, se redressait, alors elle lui disait :

— Qu'est-ce que je ferais sans toi, mon homme ? Heureusement que tu es là !

L'expression « mon homme », alors qu'il n'était qu'un enfant, lui revint brusquement à la mémoire et il en fut submergé d'un bonheur si total que les larmes de nouveau s'échappèrent de ses yeux et ne cessèrent de couler. Depuis combien de temps ne s'était-il pas laissé aller ainsi ? Il ne savait plus.

Il ferma les yeux pour tenter d'arrêter le flot par où, lui semblait-il, s'en allait aussi la douleur, et il se souvint alors que Louise, à l'exemple de Paul, luttait également contre le monde en marche qui les rejetait. Les femmes accouchaient de plus en plus dans les maternités ou dans les hôpitaux, et le jardin était pour Louise le moyen de compenser la perte de ses revenus de sage-femme.

— Alors, mon homme ?

Il rouvrit les yeux, crut deviner une silhouette à travers le brouillard qui les avait envahis, mais lorsqu'ils s'éclaircirent, il comprit que c'était bien elle, qu'il n'avait pas rêvé.

— Où étiez-vous passés ? demanda-t-il.

— J'ai accompagné Paul au bord de l'eau, sous les acacias. J'ai peur qu'il tombe en montant à l'échelle.

Elle ajouta, montrant son panier :

— Regarde toutes ces fleurs ! Je vais faire des beignets ! Tu te souviens comme tu les aimais ?

Elle s'assit près de lui, sans doute, songea-t-il, pour ne pas avoir à s'attarder sur ses yeux humides qu'elle ne pouvait pas ne pas avoir remarqués.

— J'ai dormi longtemps, dit-il.

— Oui, je sais. Je suis venue dans la chambre avant de sortir. Tu dormais comme un bébé.

Un peu de fraîcheur montait maintenant des arbres : un prunier et un cerisier, et, en bordure de la haie, deux sureaux et leurs ombelles crème qui sentaient bon.

— Tu m'aideras à arroser, ce soir ? demanda Louise.

— Si tu veux.

Elle soupira, ajouta :

— Tu devrais aller rejoindre Paul. Il a emporté sa canne à mouche. Il doit être à l'aval du grand courant, tu sais, celui où je faisais la lessive.

La lessive ! Sur les galets : Louise frottait les draps sur le « banchou », et Paul l'aidait à les déployer dans l'eau, à les tordre pour les essorer, tandis qu'un nuage blanc se répandait sur la rivière qui étincelait. En quelle année Louise avait-elle eu une machine à laver ? Matthieu ne se souvenait pas de l'avoir vue arriver et, au contraire, il se revoyait trottinant sur ses petites jambes sur le chemin, derrière Paul qui poussait le charreton où reposaient les draps.

— Tu as eu une machine à laver en quelle année ? demanda-t-il.

— En 1969.

— Pas avant ?

— Non. Mais tu sais, j'aimais bien aller à la rivière.

— Moi aussi.

— Alors, vas-y ! Paul t'attend.

Ni l'un ni l'autre, pourtant, ne bougea. Matthieu devinait qu'elle avait envie de le questionner, mais qu'elle n'osait pas.

— Si je mourais, dit-il subitement – en même temps que cette pensée lui venait –, je veux être enterré ici, dans le cimetière du village, près de vous.

Louise sursauta, répondit aussitôt :

— Qu'est-ce que tu vas chercher ? On ne meurt pas à quarante ans ! Pas aujourd'hui !

— Tout peut arriver.

— C'est ce que tu as trouvé pour me faire plaisir le jour où tu réapparais après tant d'années ?

Il se tourna vers elle, s'aperçut que ses lèvres tremblaient, s'en voulut, lui prit le bras, le serra en disant :

— Depuis que je suis là, je vais mieux.

— Ah ! Je préfère entendre ça !

Mais il comprit qu'elle était encore sous le coup de la nouvelle apprise au cours du repas, et qu'elle cherchait à s'y habituer.

— Si tu veux manger des beignets ce soir, dit-elle en se levant brusquement, j'ai pas de temps à perdre !

Cette rudesse soudaine lui permit de s'éloigner sans avoir à s'appesantir sur ce qui l'obsédait depuis que Matthieu avait parlé.

6

Il se retrouva seul et, après un long soupir qui lui donna la sensation de mieux respirer, il partit sur le chemin ombreux qui se faufilait sous ce qu'on appelait le petit bois : des chênes, des frênes, des acacias, des cornouillers, des noisetiers, et des buissons couverts de baies bleues : celles qu'il mâchait jadis, jusqu'à ce que sa bouche fût pleine d'une délicieuse amertume. Alors il crachait les peaux et recommençait. Il eut envie d'en sucer une ou deux, mais réalisa que cela risquait de le faire tousser. Et chaque fois qu'il toussait, il lui semblait que sa poitrine allait se déchirer.

Il continua, humant l'air un peu plus frais qui venait de l'ombre des arbres, mais aussi de l'eau proche dont il sentait l'odeur de sable et de limon, une odeur si familière qu'il pressa le pas. Il sortit des frondaisons et déboucha dans la lumière crue de la rivière qui étincelait sous le bleu du ciel. Il fut contraint de fermer à moitié les yeux tant elle l'éblouissait, puis il suivit la plage de galets qui menait vers l'amont, là où, il y avait mille ans, il aidait Louise à faire la lessive.

— Je suis là, dit une voix venue de sous un aulne.

Matthieu s'approcha, s'assit sur le tronc qui servait de banc à Paul, pour guetter les gobages des truites.

— C'est Louise qui m'a dit que tu étais là, dit-il.

— Elle me suit partout, maintenant. Elle a toujours peur qu'il m'arrive quelque chose.

— Et elle a tort, bien sûr !

Paul haussa les épaules :

— Je suis tombé à l'eau il y a quinze jours, et elle croit que c'est la première fois.

Il soupira, ajouta :

— Je n'aurais jamais dû lui dire.

Ils n'entendaient que le murmure de la rivière qui glissait sans le moindre obstacle et, vers l'aval, cascadait sur les galets.

— Regarde ! dit Paul en montrant, sur sa gauche, un martin-pêcheur aux ailes bleues perché sur la branche basse d'un saule.

— Je le vois.

— Il va plonger. Il y a des ablettes dessous, dans le petit remous.

À peine eut-il fini de parler que l'oiseau s'abattit sur l'eau, disparut un instant puis remonta, un poisson frétillant dans le bec.

— Tu as vu ?

— Oui, dit Matthieu en suivant du regard l'oiseau qui, satisfait de sa capture, s'envolait.

Il se souvint que Paul lui avait appris tous les secrets des poissons, des oiseaux, de la sauvagine : écureuils, fouines, loutres qui peuplaient les rives et la campagne environnante.

— Je viens là depuis une semaine, reprit Paul, parce qu'il y a une truite énorme qui sort chaque soir et que l'autre, là-haut, l'a repérée comme moi.

— Qui ça ?

Paul désigna de la main un immense oiseau qui planait au-dessus d'eux, en décrivant des cercles apparemment paisibles.

— Le balbuzard. Hier il l'a vue avant moi, qui se nourrissait juste sous la surface, mais il l'a manquée. Heureusement : elle doit faire au moins quatre livres.

Matthieu garda un moment la tête levée vers le ciel que pas un nuage ne troublait, et son regard redescendit vers Paul qui, lui sembla-t-il, hésitait à le questionner, mais il n'en fit rien. Il repoussa légèrement son chapeau vers l'arrière et dit précipitamment :

— Faut pas te faire du mauvais sang : maintenant que tu as été opéré, tu vas guérir. C'est moi qui te le dis.

Et il ajouta, forçant la voix :

— Tu sais que je t'ai jamais raconté d'histoires. Il faut me croire, petit !

— Je te crois, Paul.

Celui-ci agita à plusieurs reprises son chapeau sur la tête dans un geste familier, puis il reprit :

— On n'y reviendra plus ! C'est une affaire réglée !

— C'est entendu ! dit Matthieu en sentant ses yeux s'embuer.

— À la bonne heure !

Le silence les sépara un moment, le temps que leur émotion se dissipe, puis Paul murmura :

— Regarde !

De gros insectes dérivaient sur l'eau, tombés des branches voisines, et ils ridaient la surface en se débattant pour ne pas se noyer.

— Ce sont des trichoptères. Elle doit les voir et elle va monter, dit Paul. Un peu de patience.

Effectivement, trois minutes plus tard, un premier gobage se manifesta à dix mètres du bord, et, peu après, un second qui fit se dresser Paul, sa canne à mouche dans la main.

— Surtout, ne bouge pas !

Il s'avança de deux mètres dans le courant, de manière à pouvoir fouetter sans s'accrocher aux branches de la rive. Ensuite il balança son bras d'avant en arrière trois ou quatre fois et Matthieu vit distinctement sa mouche tomber un peu en amont du dernier gobage. Il retint sa respiration, et ne fut pas surpris quand une sorte de remous naquit sous la mouche qui disparut aussitôt, gobée par la truite monstre qui partit dans le courant en faisant chanter le fil du moulinet qui se dévidait inexorablement. Puis il y eut un claquement bref et la canne, pliée en deux, se releva brusquement, libérée du poids de la truite qui venait de rompre le fil.

— La garce ! cria Paul en se retournant vers Matthieu. Est-ce que tu l'as vue ?

— Oui. Tu avais raison : elle est énorme.

— Encore plus que je ne le pensais !

Dépité, Paul enroulait le fil restant sur son moulinet en regagnant lentement la rive, le regard dirigé vers l'endroit où le poisson avait disparu, et il s'assit de nouveau près de Matthieu qui souriait.

— J'avais du seize centièmes. J'aurais dû monter plus gros.

— Ce sera pour la prochaine fois.

— On n'est pas près de la revoir ! En tout cas pas ici, et pas cette année.

— Ne t'en fais pas, il y en a d'autres.

— Comme celle-là, pas beaucoup.

Ils se turent, observant sur la rive d'en face l'ombre qui gagnait peu à peu sous les frênes et les peupliers. Au-dessus, le ciel déployait des écharpes légères qui rosissaient au contact des collines où clignotaient quelques lumières, celles des fermes isolées.

— Il faut rentrer, dit Paul. Louise s'inquiéterait.

Il se leva, précéda Matthieu sur les galets, ensuite sur le sentier qui se frayait un passage entre les frondaisons, en scrutant du regard les fougères voisines.

— Qu'est-ce que tu cherches ? demanda Matthieu.

— Des girolles. Quelquefois il en pousse en juin.

Il pénétra dans le sous-bois sur quelques mètres, mais il revint aussitôt vers le sentier en disant :

— Non ! J'avais cru, mais c'étaient seulement des fleurs de genêts que les oiseaux ont arrachées.

Il repartit, se retourna un peu plus loin.

— Il ne fait pas nuit avant dix heures et demie. On aura le temps d'arroser après manger.

Matthieu s'aperçut alors qu'il avait faim. Dans cette belle paix du soir, il se hâta lui aussi vers la maison où Louise, comme à son habitude, les attendait sur le seuil.

7

Il avait encore le goût des beignets dans la bouche quand il s'installa sur le banc situé contre le mur de la façade pour téléphoner à Odile. Elle s'inquiétait beaucoup, s'imaginant qu'il avait coupé son téléphone parce qu'il n'allait pas bien. Il passa un long moment à la rassurer, puis, y étant parvenu en jouant de tous les stratagèmes possibles, il rejoignit Paul et Louise qui arrosaient le jardin au moyen d'un tuyau qui, partant de la grange où il était branché, traversait la route pour atteindre les légumes. La cuve aménagée par Paul à l'entrée était à sec depuis le début du mois, car il n'avait pas plu depuis longtemps. Tout sentait bon, dans les rangs de tomates, de salades et de haricots verts, et un peu de fraîcheur commençait à se répandre au ras du sol, adoucissant la lourde chaleur du jour.

Quand ce fut terminé, tous trois s'assirent sur le banc de pierre sur lequel Matthieu avait téléphoné, face à la forge, dont la porte demeurait ouverte, comme pour un appel secret. Matthieu se tenait entre Paul et Louise qui ne parlaient pas et regardaient droit devant eux, rêveurs, soudain, dans le silence du soir. Des hirondelles griffaient le ciel, partaient, revenaient, comme aveuglées par la lumière du jour finissant.

— Vous ne regardez jamais la télévision ? demanda Matthieu, retrouvant d'instinct ses habitudes de Paris.

— Pour ce qu'on nous fait voir ! fit Paul, s'ébrouant brusquement en repoussant son chapeau vers l'arrière.

Il y eut un bref silence, puis Matthieu, de nouveau, souhaitant reprendre pied plus fermement dans le monde qu'il avait connu et dont les souvenirs s'étaient estompés :

— Tu as ferré le dernier cheval en quelle année ?

Paul réfléchit à peine : la blessure demeurait blottie en lui depuis longtemps.

— Ce devait être en 1961. Tu ne te rappelles pas ?

— Non.

— Tu étais trop petit. Et d'ailleurs, c'était pas un cheval, mais une jument, et je t'ai donné de son lait.

Quelque chose s'éveilla en Matthieu, d'une folle douceur, et le souvenir lui revint d'un coup : ce lait, dans un bol bleu, et l'odeur de la corne brûlée, et Louise, près de lui, là, sur ce banc, qui lui demandait de finir de boire, lui disait que peut-être plus jamais il ne boirait un tel lait ; il avait deviné une tristesse, il avait bu jusqu'à la dernière goutte.

— Oui, dit-il, je me souviens.

Louise soupira et dit :

— Après, c'était fini.

— Oui, reprit Paul, j'ai démonté le travail dans lequel je ferrais les chevaux mais j'ai gardé la forge.

— Le travail ? fit Matthieu.

— Oui, tu sais bien, l'échafaudage dans lequel on immobilisait les chevaux. Il se trouvait là-bas, entre le portail et la forge.

Matthieu se souvenait mais n'eut pas le cœur à répondre. Il songea en même temps qu'il n'aurait pas dû poser une telle question, et il s'en voulut.

— J'ai continué de forger des fers et des outils, poursuivit Paul. On n'en vendait presque pas, mais il le fallait bien.

— Et vous avez vécu de quoi ? demanda Matthieu.

— Je suis allé travailler dans les fermes, à la journée, et je me suis mis au jardin avec Louise. Avec des légumes et des volailles on peut vivre, tu sais !

Il soupira, ajouta :

— C'est ce qu'on a fait.

— Sans compter la pêche, dit Louise.

Elle rectifia aussitôt, avec malice :

— Je devrais plutôt dire le braconnage.

— Qu'est-ce que tu vas chercher ? s'insurgea Paul en haussant les épaules.

— Tu appelles ça comment : poser des nasses et tendre des filets sans permis dans les bras morts de la rivière ?

Matthieu se rappela alors les pêches clandestines dans lesquelles Paul l'avait entraîné en secret.

— Tu as encore une barque ? demanda-t-il.

— Bien sûr.

— Où se trouve-t-elle ?

— Toujours au même endroit : dans le bras des Escouanes.

— Tu m'y emmèneras ?

— Demain.

— Et voilà ! s'exclama Louise. Deux braconniers au lieu d'un ! Mais qu'est-ce que j'ai fait au bon Dieu, pour mériter ça ?

Le silence tomba entre eux, plein d'une tendresse précieuse, tandis que les premières étoiles s'allumaient au-dessus des collines d'en face. Rien ne bougeait, pas même la cime des arbres, et tous trois, soudain, avaient l'impression d'être seuls au monde dans le long soir de juin qui n'en finissait pas.

— Tu dois être fatigué, dit Louise au bout d'un moment.

— Je suis bien, là, dit Matthieu.

Il s'aperçut que pour la première fois depuis longtemps il avait oublié la maladie, la douleur, et la menace qui pesait sur lui. Elles lui revinrent brutalement à l'esprit et il frissonna, au point d'alerter Louise qui demanda :

— Tu n'as pas froid, au moins ?

— Non ! Mais je vais quand même aller me coucher.

Et cependant il demeura assis, comme s'il ne parvenait pas à s'éloigner des deux vieux par crainte d'avoir à affronter le monstre qu'il savait tapi au plus profond de lui.

— Quand tu étais petit, dit Louise, devinant qu'il n'était pas bien, tu aimais que je te raconte une histoire chaque soir, comme si tu avais peur de la nuit.

Il faillit répondre : « J'ai toujours aussi peur », mais il se retint au dernier moment.

— Et souvent l'été, on s'asseyait là, comme aujourd'hui.

— Oui, dit Matthieu. Rien n'a changé, tu vois !

C'était ridicule, mais ces quelques mots, dès qu'ils étaient sortis de sa bouche, lui avaient fait du bien.

— Et demain matin, je te réveillerai comme avant, dit Louise. Je récolte mes herbes avant la chaleur.

— Tes herbes de sorcière, ironisa Paul.

— Tu es bien content de boire mes tisanes quand tu es malade.

Paul haussa les épaules, mais ne répondit pas.

— Peut-être qu'elles me guériraient, moi, dit Matthieu. Qu'est-ce que tu en penses ?

— Tu n'en as pas besoin ! répondit Louise. Tu vas guérir tout seul.

— Alors tu ne veux pas me soigner ?

— Non !

— La vérité, dit Paul, c'est qu'elle a peur de t'empoisonner. C'est à moi qu'elle en veut.

— Bon ! fit Louise. Vous êtes deux sacripants, et je vais me coucher.

Elle se leva, et Matthieu la suivit après avoir souhaité une bonne nuit à Paul qui ne semblait pas pressé de retrouver son lit.

8

Une fois dans la maison, Louise alluma la lumière et ferma la porte pour interdire l'entrée aux moustiques. Puis elle précéda Matthieu jusqu'à sa chambre et demanda :

— Alors, demain, je te réveille ?

— À quelle heure ?

— Six heures.

— Oui, dit-il. Réveille-moi.

Elle eut un mouvement vers lui pour l'embrasser, mais elle retint son geste, comme pour cacher son émotion à l'idée qu'elle venait le coucher, quand il était enfant, et qu'elle s'attardait toujours un moment avec lui.

— Bonne nuit ! fit-elle en se retournant.

— Attends, Louise, s'il te plaît.

De nouveau elle lui fit face et il s'approcha, se pencha vers elle, qui le laissa l'embrasser en disant :

— Bonne nuit !

— Dors bien ! fit-elle. Demain, nous avons du travail.

Et elle s'enfuit, refermant doucement la porte, l'abandonnant à la solitude qu'il redoutait, encore sous le coup de son parfum d'herbes : mélisse, menthe, guimauve mêlées, tout cela souligné d'une pointe d'eau de Cologne encore vivante depuis le matin. Il se déshabilla presque entièrement tant il faisait chaud, s'allongea sur le dos, tourné vers la fenêtre à travers laquelle les volets qui jointaient mal laissaient deviner un rayon de lune. Et il eut peur, soudain, atrocement peur : non plus de perdre la vie, mais plus précisément de perdre ce qu'il venait de retrouver, c'est-à-dire ce qui atténuait la douleur en se posant comme un baume sur lui. Plus qu'un baume, en fait, une caresse, un souffle tiède, une main douce, un trésor d'enfant : l'île la plus précieuse, la plus secrète, dans laquelle les hommes se réfugient quand ils souffrent trop.

Dix minutes plus tard, alors qu'il s'efforçait de trouver le sommeil, la douleur bien connue s'éveilla dans sa poitrine. Il se leva, avala deux cachets dans la salle de bains, ce qui inquiéta Louise qui se tenait debout devant la porte de sa chambre.

— Ça ne va pas ?

— Si. J'ai pris ce qu'il faut. Je vais dormir. Ne t'inquiète pas. Va te recoucher.

Elle disparut et il regagna sa chambre, cherchant une meilleure position pour s'endormir, mais vainement. Tout ce qu'il avait vécu depuis le matin repassait dans sa tête, et il se demandait s'il n'avait pas rêvé, si cette chambre dans laquelle il reposait n'était pas celle de l'hôpital, si Louise et Paul étaient bien vivants, et non pas morts depuis longtemps. La nuit réveillait ses démons, ses frayeurs, l'oppressait au point qu'il dut rallumer la lumière pour vérifier s'il se trouvait bien où il l'espérait. La douleur faisait désormais partie de sa vie, mais elle semblait prendre un malin plaisir à réapparaître au moment où il s'y attendait le moins.

Il s'empara d'un livre sur le cosy, au hasard, l'ouvrit au milieu et se mit à lire : « Une balle pourtant, mieux ajustée ou plus traître que les autres, finit par atteindre l'enfant feu follet. On vit Gavroche chanceler, puis il s'affaissa. Toute la barricade poussa un cri [...] » Matthieu, jadis, en lisant ces mots, avait senti la balle l'atteindre en plein cœur. Il songea qu'un tireur inconnu avait tué l'enfant qui était en lui. Il songea également que sa « petite grande âme [s'était envolée] », comme celle de Gavroche.

Il eut tellement mal qu'il laissa tomber le livre et il demeura un long moment les yeux clos, mais en gardant la lumière allumée, afin de ne pas être de nouveau assailli par les monstres qui le guettaient. Au contraire, pour les repousser, il tenta de se souvenir des meilleurs moments passés avec Louise et Paul il y avait plus de trente ans ; il les suivit comme il les suivait alors quand ils accomplissaient leurs tâches journalières, silhouettes muettes mais paisibles et tellement rassurantes.

Il les accompagna à la rivière, dans les fermes aux basses-cours pleines de volailles, au marché du village où Louise vendait ses légumes dans une petite carriole à deux roues, il refit patiemment le chemin vers ce temps disparu et dont une voix secrète lui soufflait qu'il était vital de ne plus le perdre. Enfin il s'imagina assis près d'eux devant la cheminée, l'hiver, quand la neige tombait. Il alluma le feu comme le lui avait appris Louise, il sentit l'odeur du papier journal qui embrasait le fagot et il s'endormit avec la sensation d'avoir pénétré dans un refuge sûr à l'abri des dangers.

9

Le lendemain matin, à six heures, quand Louise vint le réveiller, Matthieu ne put se lever. Il se sentait épuisé, à bout de forces, incapable de se tenir debout, et la douleur était là, une nouvelle fois présente dans sa poitrine, insoutenable.

— Ça ne fait rien, dit Louise. Repose-toi.

Et, désirant le rassurer :

— C'est l'émotion des retrouvailles. Ne t'inquiète pas.

— J'ai trop mangé, dit-il. Je ne suis plus habitué. Donne-moi un verre d'eau et mes cachets, là, s'il te plaît, sur la table de nuit.

Elle fit ce qu'il lui demandait, voulut s'asseoir sur la chaise pour l'aider.

— Non, s'il te plaît, fit-il, laisse-moi. Ça va aller.

Elle hésita, puis elle sortit, le laissant seul avec ses questions : est-ce que le mal ne s'était pas remis à ronger ses poumons ? Pourquoi avait-il de nouveau envie de tousser et pourquoi, surtout, cette faiblesse effrayante dans son corps ? Il avait cru en être débarrassé après sa sortie de l'hôpital et voilà qu'elle ressurgissait, le clouant à ce lit alors que tout l'attirait au-dehors : Louise, d'abord, qui ne tarderait pas à s'éloigner avec son sac, la lumière du matin qui filtrait entre les volets, le gazouillis des oiseaux réveillés bien avant l'aube, la voix de Paul qui devait s'inquiéter auprès de sa femme du fait que Matthieu ne se lève pas, et qui, lui aussi, allait partir pour relever ses nasses.

Bientôt le silence tomba et Matthieu se sentit si seul qu'il fut tenté de courir derrière eux. Il fit une tentative en s'asseyant sur le lit, se leva, fit un pas, mais un vertige le contraignit à s'allonger. Que faire pour échapper au monstre qui le traquait ? Les yeux ouverts dans la demi-obscurité, il observait le plafond en reconnaissant, entre les poutres, les figurines dessinées sur le plancher du grenier par les veines du bois, qui jadis peuplaient cette chambre d'alliés sûrs : un chevalier, un château, un soldat, une épée, mais pas le moindre monstre pour l'effrayer. La maison de Louise et Paul était une place forte indestructible : cette pensée lui fit du bien, l'apaisa quelque peu.

Pourtant il se souvint d'un matin d'été, comme celui-là, où il s'était levé sans bruit, avait poussé la porte et entendu la voix de Paul qui disait à Louise assise, la tête entre ses mains :

— Quand elles verront comment on les traite dans les maternités, elles reviendront vite accoucher chez elles.

— Non, disait Louise, c'est fini, il n'y a rien à faire.

Il avait semblé à Matthieu qu'elle pleurait et il avait eu tellement peur qu'il avait fait marche arrière et s'était réfugié dans un angle de sa chambre, à l'opposé du lit. Louise ne pouvait pas pleurer. Il avait dû se tromper. Et d'ailleurs il avait été rassuré, dix minutes plus tard, quand elle était venue le réveiller pour déjeuner. Elle souriait, ses yeux étaient secs, sa voix ne tremblait pas, et elle lui avait demandé calmement s'il avait bien dormi.

— Oui, avait dit Matthieu précipitamment.

Et il avait ajouté :

— Je viens juste de me réveiller.

— À la bonne heure !

Puis elle lui avait servi un café au lait et coupé une large tranche de pain qu'elle avait garnie de beurre et de confiture.

— Mange, mon homme ! Après, tu viendras m'aider au jardin.

Pourquoi l'appelait-elle « mon homme », alors qu'il n'était qu'un enfant ? Qu'est-ce que cela pouvait bien signifier ? Qu'elle désirait déjà le voir fort, robuste, capable d'affronter la vie ? Soupçonnait-elle qu'il perdrait ces trésors qu'il était en train d'amasser et qu'il aurait besoin de lutter, de se battre, comme elle, comme Paul ?

— Pourquoi m'appelles-tu « mon homme » ? avait-il demandé ce matin-là.

Les yeux clairs de Louise s'étaient posés sur lui, n'avaient pas cillé :

— Parce que je te vois déjà grand.

— Et comment je serai une fois grand ?

— Tu seras beau et fort.

Beau et fort... Il aurait tellement aimé être beau et fort aujourd'hui, alors qu'il se sentait maigre, faible, incapable de respirer normalement, mais coupable aussi d'être venu montrer à Paul et à Louise cette faiblesse et cette impuissance à se relever. De quel droit infligeait-il ce châtiment à un homme et à une femme qui, eux, ne s'étaient jamais laissés aller à la moindre plainte et n'avaient jamais rendu les armes ? Il s'en voulut, se trouva pitoyable, fit un effort terrible sur lui-même et parvint à se lever. Il ne fallait surtout pas qu'ils le trouvent couché quand ils reviendraient.

Il traversa la salle à manger, ouvrit la porte et s'assit sur le banc de pierre, contre le mur. Sa tête tournait un peu, mais il lui sembla que la pince d'acier qui serrait sa poitrine s'était un peu relâchée. Devant lui, la lumière du jour coulait à gros bouillons d'un ciel sans le moindre nuage, et des milans tournaient là-haut, au-dessus des collines d'un rose cendré. Une tourterelle passa, suivie par une autre, un coq chanta, un deuxième lui répondit, puis le silence retomba, si épais, si total, que Matthieu entendit battre son cœur.

Il rentra, se força à déjeuner d'une tranche de pain beurrée et d'un peu de lait chaud dans un bol de porcelaine bleue à fleurs blanches – était-ce le même ? Il n'en était pas sûr, il faudrait demander à Louise – et il mangea lentement, en mâchant soigneusement le pain, puis il passa dans la salle de bains pour une toilette rapide, semblable à celle qu'il faisait quand il était enfant, désolant Louise qui avait l'obsession de la propreté.

Ensuite il revint s'asseoir sur le banc pour téléphoner à Odile et la rassurer, déguisant la vérité : oui, il se sentait bien ; non, il ne souffrait pas, et il avait parfaitement dormi ; il rappellerait ce soir. À peine avait-il raccroché que Paul arriva, un panier d'osier à la main, un sourire malicieux sur ses lèvres. Il s'assit près de Matthieu, souleva le couvercle en disant :

— Un brochet. On le mangera à midi, au court-bouillon.

Et, se levant aussitôt :

— Il faut que je me dépêche de le vider, parce que le marchand de bois va arriver.

Matthieu le suivit, retrouva les gestes précis de Paul pour préparer le poisson dans l'évier de la cuisine, des gestes qu'il avait observés souvent, non sans le soupçonner d'une certaine cruauté. Mais il ne s'était jamais agi de cruauté quand Paul arrachait les boyaux et raclait au couteau les grosses arêtes de ses prises : il s'agissait seulement de vider les poissons pour se nourrir, et jamais il ne les sacrifiait par plaisir.

— Tu te rappelles ? Tu n'aimais pas voir ça ! Il a fallu que j'y revienne plusieurs fois avant que tu acceptes de m'aider.

— C'est vrai, dit Matthieu.

— Mais tu aimais en manger. Et je suis sûr qu'il y a longtemps que tu n'as pas goûté de brochet.

— Je n'en ai plus jamais mangé.

— Ça m'étonne pas !

Matthieu reconnut la défiance de Paul à l'égard des gens et des mœurs de la ville, ce qui le réjouit. Puis, comme s'il voulait montrer qu'il n'accordait aucune importance au fait que Matthieu n'ait pu se lever tôt, Paul déclara :

— Tu m'aideras à rentrer le bois avant midi. Après, il fera trop chaud.

Cette rudesse, cette confiance feintes firent du bien à Matthieu qui songea une nouvelle fois qu'il avait eu raison de venir. Pas question de rester couché, de renoncer, il devait travailler : c'était le seul moyen de s'engager sur le chemin de la vie et non sur celui du renoncement. Il se demanda s'il en aurait la force, mais n'eut pas le temps d'approfondir la question, car le klaxon d'un camion retentit dans la cour.

— C'est lui, dit Paul. Tu peux rester là : il a une benne basculante. Je t'appellerai quand il sera reparti.

10

À cet instant, Louise arriva, son sac rempli d'herbes, et dit à Paul en le croisant :

— Je viendrai t'aider.

— Non ! C'est convenu avec Matthieu !

Louise en parut surprise, mais ne dit rien. Elle ouvrit son sac et laissa couler sur la grande table des herbes qui, aussitôt, répandirent dans la pièce une odeur fraîche et acidulée, un peu de rosée ayant baigné la campagne au cours de la nuit. Matthieu s'assit pour l'observer, et Louise demanda :

— Alors ! Voyons si tu sauras les reconnaître...

Elle les étala devant lui, qui les examina un instant et répondit :

— Ça, c'est facile, c'est de la menthe.

— Et celle-là ?

Elle montrait des grosses touffes à fleurs blanches, légèrement rosées, qui sentaient le citron frais. Et, comme Matthieu ne trouvait pas :

— De la mélisse, bien sûr. Le mieux est d'attendre la Saint-Jean, mais je n'ai pas eu la patience : elle était trop belle. Et celle-là, donc ?

Elle désignait à présent une plante à cinq pétales échancrés en ailes de papillon.

— Allons ! Voyons ! Regarde la couleur !

— De la mauve ?

— Mais oui, bien sûr.

— J'avais oublié, soupira Matthieu.

Elle lui montra ensuite de la moutarde blanche, de l'achillée millefeuille, de la fumeterre, de l'anis vert et de la chélidoine, et des bouffées de bonheur remontèrent en lui, chaudes et sucrées comme du miel.

— Louise..., dit-il.

— Quoi, mon homme ?

Elle ne tourna pas la tête vers lui, fit mine de trier les herbes avec une application exagérée.

— Aide-moi plutôt à les monter au grenier, fit-elle.

Ils empruntèrent l'étroit escalier qui menait dans une longue pièce où gisaient de multiples objets : des outils inutilisables, des vieux jouets cassés, un landau en osier dont les roues avaient disparu, un gros poupon rose et nu, et, sur une bâche ou suspendues au-dessus d'elle, les herbes et les plantes qui représentaient le trésor de Louise. Elle disposa celles cueillies du matin à même le plancher et dit :

— Je reviendrai m'en occuper quand j'aurai un moment. Paul m'a dit qu'il y avait un brochet à faire cuire.

Elle esquissa un pas vers l'escalier, mais Matthieu ne la suivit pas.

— Je reste un moment, dit-il.

Elle hocha la tête, sourit, et s'en alla, le laissant seul devant les jouets : une locomotive, un Meccano aux pièces rouges et vertes, une petite charrette, des boules en bois de toutes les couleurs ; un arc, un lance-pierres que lui avait fabriqués Paul et dont la redécouverte, ce matin-là, le foudroyait, à la fois de plaisir et de douleur. Il se saisit du lance-pierres, puis le jeta, comme s'il lui brûlait les mains. Que lui était-il arrivé depuis trente ans ? Rien, lui semblait-il, ou alors trop d'événements qui l'avaient emporté, puis éloigné de ces lieux inexorablement et il n'avait même pas eu conscience de les vivre. Une pensée lui vint, d'une évidence terrifiante : « Je n'ai jamais été heureux depuis que je suis sorti de ce grenier. » Absurde, oui, peut-être, et pourtant l'once de vérité qui résidait dans cette phrase qu'il se répéta à plusieurs reprises l'emplit d'une amertume glacée.

Il s'enfuit, descendit les marches si vite qu'il faillit tomber, retrouva Louise en bas qui lui dit négligemment, faisant allusion aux objets du grenier :

— Je ne sais pas pourquoi on garde tout ça.

Il n'eut pas le temps de répondre, car Paul surgit en lançant :

— Alors, l'ouvrier, on déserte le chantier ?

— Tu ne vas pas le faire travailler avec cette chaleur ? s'indigna Louise.

— Il n'est que dix heures. On a le temps de rentrer un peu de bois avant midi. On finira demain.

Elle haussa les épaules mais ne répondit pas et Matthieu suivit Paul devant l'énorme tas de bois répandu à droite de la porte, devant la remise.

— C'est du chêne ? demanda-t-il.

— Toujours. C'est le seul bois qui tienne bien le feu.

Combien de fois Matthieu avait-il entendu cette antienne ! Des centaines, sans doute, mais il avait eu besoin de l'entendre de nouveau, comme pour vérifier qu'ici, décidément, rien ne changeait. Cette pensée lui était secourable : il existait des îles à l'écart des tempêtes, des îles où le temps ne pouvait détruire le socle sur lequel certains êtres vivaient depuis toujours – un socle sûr, impérissable, qui n'avait jamais trahi personne.

— S'agit pas de rêvasser ! s'exclama Paul.

Matthieu s'évada brusquement de ses pensées, demanda :

— Comment fait-on ?

— Tu as oublié ? Il faut entasser le bois contre le mur du fond. Il est coupé à cinquante centimètres, et il est facile à équilibrer. Tu me lanceras les bûches, et moi je bâtirai.

Ce fut assez facile pour les premières, mais, déjà, au bout de cinq minutes, les jambes de Matthieu se mirent à trembler, son souffle lui manqua et la sueur commença à couler sur ses tempes. D'abord, Paul ne s'en aperçut pas, d'autant que Matthieu serrait les dents et ne ralentissait pas le rythme, jetant les bûches aux pieds de Paul qui les saisissait une à une et les positionnait adroitement contre le mur. Et puis un voile passa devant ses yeux, et Matthieu se redressa, le temps que le vertige se dissipe.

— Ça va ? demanda Paul, mais sans lever la tête.

— Ça va.

Matthieu se baissa de nouveau, reprit son travail, mais un peu plus lentement, et la sueur se remit à couler sur son front. Quelques minutes plus tard, un second voile passa devant ses yeux, plus épais, plus sombre que le premier. Il voulut se redresser, mais il se sentit basculer en avant et n'eut même pas le temps de se protéger en tombant.

11

Quand il reprit conscience, il se trouvait sur son lit, à l'ombre, dans la chambre, et il reconnut Louise assise sur une chaise, qui se penchait sur lui.

— Ça va mieux ? demanda-t-elle.

— Oui.

— Ne t'inquiète pas, dit-elle. C'est à cause de la chaleur.

— Où est Paul ?

— À la forge.

Louise ajouta, tandis que Matthieu se demandait comment il avait réagi :

— Je lui avais bien dit qu'il faisait trop chaud. Mais il n'écoute rien, jamais. Il a toujours été comme ça : il n'en fait qu'à sa tête.

Matthieu se sentait mieux, maintenant, dans cette pénombre de la chambre légèrement humide, et il se souvenait de ses maladies d'enfant, quand Louise lui portait des tisanes et des médicaments. Elle s'asseyait ainsi devant le lit, et souvent, quand il ouvrait les yeux, il la trouvait inclinée vers son visage, scrutant ses traits en espérant y déceler une amélioration.

— Chaque fois que j'étais malade, murmura-t-il, tu me faisais du tapioca.

Elle esquissa un sourire, mais ne trouva pas la force de répondre.

— Est-ce que tu en fais encore aujourd'hui, du tapioca ?

Il venait d'avoir l'idée absurde que le tapioca allait le guérir. Absurde mais importante, essentielle tout à coup.

Il demanda :

— Tu m'en feras ?

— Si tu veux.

— À midi ?

— Non. L'épicier ne passe que demain.

— C'est toujours le même ?

— Non. Il est mort depuis longtemps. C'est son fils qui a pris la relève.

Matthieu s'évertuait à n'avancer que des considérations ordinaires pour ne pas avoir à évoquer son malaise. Louise le devinait, et, malgré les questions qui lui brûlaient les lèvres, elle respectait ce désir de ne pas ajouter quoi que ce fût à leur angoisse commune.

— Par contre, c'est le sosie de son père, ajouta-t-elle.

Un lourd silence les sépara, au point que Matthieu ne put le supporter.

— Et ce brochet ? demanda-t-il.

— Il cuit. Il faut que j'aille surveiller le feu. Tu en mangeras ?

— Bien sûr !

Et, comme elle ne bougeait pas :

— Tu peux me laisser seul ! C'est passé, tout va bien.

Louise hésita encore, puis elle se leva. Cependant, peu avant de franchir la porte elle s'arrêta, demeura un moment pensive, tournée vers le lit, et dit :

— Tu n'avais pas assez mangé, ce matin, pour un travail pareil.

— Oui, c'est vrai, j'aurais dû manger davantage, dit Matthieu, soulagé de cette diversion.

Elle disparut et Matthieu se retrouva seul dans l'obscurité avec la pensée obsédante que Paul devait se sentir coupable et beaucoup s'inquiéter. Il se dit qu'il fallait se lever le plus vite possible et aller le rejoindre pour le rassurer. Il attendit encore quelques minutes, puis il s'assit au bord du lit. Constatant qu'aucun vertige ne se manifestait, il se mit debout et demeura un instant immobile. Après quoi il fit quelques pas, et, vérifiant que ses jambes le portaient sans trembler, il sortit de la chambre, traversa la salle à manger sans que Louise, occupée à la cuisine, l'aperçoive.

Une fois dehors, il se réfugia rapidement dans la forge sombre et fraîche où Paul se tenait assis, un marteau dans la main droite, devant l'enclume. Il eut un sursaut en apercevant Matthieu et il se leva pour venir vers lui mais s'arrêta aussitôt.

— Tiens ! Assieds-toi là ! dit-il en montrant le tabouret qu'il venait de quitter.

Pour la première fois depuis qu'il le côtoyait, Matthieu devina une faille dans la voix.

— J'aurais jamais cru qu'il fasse si chaud à cette heure-là, reprit Paul.

Il soupira, ajouta, faisant allusion au bois à rentrer :

— Ça pouvait bien attendre un peu. Il n'y a pas de pluie de prévue.

Et, comme Matthieu ne savait que dire :

— Je finirai demain, de bonne heure.

Tout à coup, comme si sa peur s'était transformée en colère, Paul frappa sur l'enclume de toutes ses forces à plusieurs reprises, puis il laissa retomber son bras, poussa un long soupir, parut retrouver son calme en observant l'enclume qui semblait encore vibrer des coups qu'il lui avait assenés. Matthieu demeurait silencieux, n'osant lever la tête vers lui, désarçonné par cette colère aussi effrayante qu'émouvante. Il esquissa un geste de la main mais le retint.

— Bon ! fit Paul. Le mieux est sans doute d'aller manger, maintenant.

Puis, posant enfin son marteau :

— Allez ! Le brochet nous attend.

N'ayant pas entendu Matthieu sortir, Louise le vit arriver avec surprise en compagnie de Paul, mais elle n'en fit pas la remarque. Ils s'installèrent pour un repas qui fut très silencieux, bien que Paul s'efforçât de meubler le silence. Matthieu s'évertua à manger le plus possible d'un poisson fameux dont il reconnut les arêtes en Y et la chair tendre à souhait.

— Ce n'est pas un brochet d'eau morte, comme en étang, précisa Paul, en se félicitant. Celui-là a vécu en eaux vives, et ça se sent. On n'a même pas besoin de mayonnaise, tellement il est parfumé.

Puis il compara la chair des truites, des perches, des barbeaux qui peuplaient la rivière, et il parut oublier les événements du matin. Louise, elle, ne disait rien : Matthieu la sentait obsédée par ce qui s'était passé, et elle demeurait songeuse, trop préoccupée pour s'intéresser à la conversation. Aussi eut-il hâte de se réfugier dans sa chambre, pour faire une sieste, comme la veille, mais surtout pour échapper à Paul et à Louise qui, maintenant, regardaient devant eux, dévorés d'inquiétude, incapables d'ajouter un mot.

Là, les yeux grands ouverts dans la pénombre, Matthieu se demanda s'il ne ferait pas mieux de repartir. Une nouvelle fois, il se dit qu'il n'avait pas le droit de leur imposer sa présence : ils avaient assez lutté pendant leur vie, ils avaient droit au repos aujourd'hui. Comment pouvait-il leur imposer une pareille épreuve : voir leur petit-fils si souffrant, si fragile, incapable de travailler ? Il prit la décision de repartir le lendemain, et cette résolution l'aida à trouver le sommeil dans lequel il sombra peu après, avec un immense soulagement.

12

Il se réveilla deux heures plus tard en se demandant d'abord où il se trouvait, puis, ayant reconnu la chambre où il reposait, en reprenant conscience de sa détermination à regagner Paris. Il réalisa alors qu'il ne sentait pas dans la poitrine la douleur qui lui était si familière, et il en fut agréablement surpris. Il avait pourtant beaucoup mangé à midi, mais il n'éprouvait aucun malaise, au contraire. Cette constatation l'aida à se lever, et à passer dans la salle à manger où Louise était assise dans un fauteuil et dormait paisiblement. Il s'assit en face d'elle et l'observa un moment, déchiffrant sur son visage, que ses yeux clos n'éclairaient plus, les stigmates d'une vieillesse qu'il ne put constater sans chagrin. Heureusement, percevant une présence, elle sursauta brusquement en s'éveillant :

— Ah ! Tu es là ?

Et, avec une sorte de crainte dans la voix :

— Il y a longtemps ?

— Non. Deux minutes seulement.

— Comment te sens-tu ?

— Bien, dit-il. Beaucoup mieux que ce matin.

Le visage de Louise se détendit, retrouvant un peu de sa douceur familière.

— Tellement bien, dit-il pour ne pas être tenté de renoncer, que je vais pouvoir repartir demain.

— Repartir ? Demain ? fit-elle avec un début d'affolement dans la voix.

— Il le faut. Je ne peux pas rester là !

— Et pourquoi ?

Il tenta de tergiverser, avança un argument qui lui parut aussitôt ridicule :

— Odile s'inquiète.

— Elle n'a pas à s'inquiéter. Tu n'es pas seul ici.

Et Louise ajouta, d'une voix contrariée :

— Alors on ne serait plus bons à rien, Paul et moi ?

— Mais si ! se récria-t-il. Bien sûr que si !

— Alors ?

— Alors, commença-t-il, je ne peux pas rester.

— Mais pourquoi ? répéta-t-elle, accablée.

Il était cerné, ne pouvait plus reculer. Et d'ailleurs, devant Louise, il n'avait jamais pu mentir.

— Parce que je ne veux pas vous voir malheureux.

D'abord elle ne répondit pas et elle s'affaissa un peu dans son fauteuil, puis elle se redressa et se pencha en avant, le dévisageant de ses yeux verts, presque transparents, à la lueur secrète.

— On serait bien plus malheureux de ne pas pouvoir t'aider, souffla-t-elle.

— Personne ne le peut, Louise.

Il regretta ces quelques mots qui avaient dû la blesser plus qu'elle ne le montrait, mais c'était réellement ce qu'il pensait.

— À supposer que ce soit vrai, dit-elle, pourquoi voudrais-tu nous priver de ta présence qui nous a tant manqué ?

Elle ajouta, plus bas encore :

— On aurait tellement eu besoin de te garder avec nous !

C'étaient les mots que Matthieu redoutait, et il chercha à échapper au piège en disant :

— Je ne suis plus un enfant.

— Déjà enfant, tu étais « mon homme », fit-elle. Rappelle-toi.

Décidément il n'était pas de taille à lutter avec elle, qui demanda :

— Et qu'est-ce qui me resterait si je ne devais plus te voir ?

Il ne répondit pas ; il ne savait plus, soudain, où il en était, mais elle ne lui laissa pas le temps de trouver une réponse et elle murmura :

— Tu le sais, j'ai aidé des femmes à mettre au monde des dizaines d'enfants, et souvent dans des conditions extrêmement difficiles. J'ai vu la souffrance et la mort, mais j'ai vu jaillir la vie, et ce que je sais de plus sûr aujourd'hui, c'est qu'elle a une force insoupçonnée.

Louise se tut un instant, reprit :

— Il faut seulement lui faire confiance.

— Lui faire confiance ?

— Oui.

— Ah ! Louise, si c'était si simple !

— Mais bien sûr que c'est simple !

— Tu crois ?

— Je t'expliquerai.

Matthieu n'eut pas le cœur de discuter davantage. Ces quelques mots, qui témoignaient d'une sagesse et d'une sérénité bienfaisantes, lui suffisaient pour l'instant. Ils demeurèrent un long moment sans parler, puis l'effet apaisant des paroles de Louise se dissipa et Matthieu demanda brusquement :

— Tu n'as pas peur de mourir ?

Elle sursauta, mais ne parut pas vraiment surprise par la question. Elle sourit, répondit :

— Je n'ai pas peur de mourir. J'ai seulement peur d'être seule, perdue, de ne pas pouvoir retrouver Paul et ceux que j'ai aimés.

— Alors, tu crois que...

Elle ne lui laissa pas le temps de poursuivre, et, au contraire, elle expliqua en souriant :

— Ce que je crois, c'est que tout ça ne peut pas servir à rien. Regarde les plantes, par exemple. Elles sont là pour nous aider, nous soigner, mais elles ne se contentent pas de ça : elles portent des fleurs et elles sont belles. Tu comprends ? Elles pourraient ne pas être belles, mais elles ont choisi de l'être, et c'est une beauté qui ne demande rien en retour.

— Qu'est-ce que ça prouve ?

— Ça prouve que la nature, c'est-à-dire la vie, nous donne toujours plus que ce dont on a besoin.

De nouveau le silence tomba. Matthieu enviait Louise pour ces certitudes qui l'animaient depuis toujours, cette force dont elle faisait preuve en toutes circonstances et qui provenaient sans doute du contact avec ce monde naturel qu'elle n'avait jamais quitté.

— Tu es sûre de ce que tu dis ? fit-il en riant.

— Je suis persuadée que si tu as confiance, tu guériras.

— S'il y a quelqu'un en qui j'aie confiance, dit Matthieu, c'est bien toi.

— Merci, mon homme ! fit-elle.

En entendant ces mots, Matthieu se revit enfant dans cette pièce où il avait passé des jours entiers avec la conviction que rien de grave, ici, ne pouvait arriver. Il comprit qu'il ne partirait pas le lendemain, contrairement à ce qu'il avait projeté.

— Demain matin, réveille-moi, dit-il. Je te suivrai.

— J'espère bien.

Paul entra sur ces entrefaites, et s'exclama en les découvrant tous les deux face à face :

— Il y en a qui se reposent pendant que les autres travaillent. C'est comme ça dans cette maison.

— Plains-toi ! fit Louise. Tu as toujours eu une femme de ménage à ton service.

— Bon ! dit Paul. Et qu'est-ce que je peux faire pour aider cette femme de ménage ?

— Pour le moment : rien. Il fait trop chaud.

— Alors on va faire le quatre-heures !

Matthieu l'avait oublié, et pourtant, chaque après-midi, Paul s'installait à table, coupait du pain et en mangeait un morceau avec du fromage de chèvre, agrémenté d'un verre de vin. Combien de fois Matthieu l'avait-il accompagné dans cette collation délicieuse, buvant du vin sucré où trempaient des morceaux de pain dur !

— Comment tu appelais ça ? demanda-t-il à Paul.

— Quoi, ça ?

— Le pain dans du vin sucré que tu me donnais, l'été.

— Un trempil, dit Louise.

— Ah, oui ! C'est vrai.

— Bien sûr que c'est vrai ! fit Paul. Tu avais oublié ?

— Oui. J'avais oublié.

Et Matthieu ajouta aussitôt, pris d'une envie soudaine, malgré son appréhension à manger :

— Donne-m'en ! J'ai l'impression que ça me fera du bien.

Louise se leva, alla chercher un bol dans le buffet, y versa du vin, le tendit à Matthieu en disant :

— Coupe du pain toi-même.

Quand ce fut fait, Matthieu s'en délecta sous le regard amusé de Paul et de Louise, tout en songeant qu'il faisait une bêtise. Jamais son estomac ne supporterait un tel traitement. « Tant pis ! se dit-il. Au moins je souffrirai pour une bonne raison : j'aurai eu huit ans de nouveau, et personne n'aura pu me priver de ce petit bonheur. »

13

Contrairement à ce qu'il avait redouté, la pince de crabe qui se refermait souvent sur sa poitrine ne se manifesta que très peu au cours de la soirée. Elle disparut comme par enchantement lors de leur veillée sur le banc de pierre, après qu'ils eurent arrosé le jardin et dîné des restes du brochet de midi. Peu avant de se séparer pour la nuit, Paul annonça qu'il devait se rendre au village, chez le boulanger, le lendemain matin.

— Tu iras à pied ? demanda Matthieu.

— Non ! Avec ma camionnette.

— Si tu veux, je te conduirai avec ma voiture, proposa Matthieu.

— À condition que vous soyez revenus, Louise et toi, au plus tard à neuf heures. Après, il fera trop chaud.

— Mais bien sûr qu'on sera revenus ! dit Louise. Tu sais bien que je pars toujours avant huit heures !

Ils allèrent se coucher alors que la nuit commençait à tomber, dans cette paix profonde des soirs d'été qui se prolongent interminablement jusqu'au clignotement des premières étoiles, et Matthieu s'allongea sur son lit dans un apaisement de tout son corps, se laissant aller sans crainte de la douleur. Une sorte de soulagement l'envahit à l'idée irraisonnée et cependant évidente qu'il avait touché le fond et que, désormais, il ne pouvait que refaire surface, c'est-à-dire regagner les territoires protégés de la vie. Il s'interrogea pour comprendre d'où lui venait cette conviction, mais il ne trouva pas et, une fois de plus, il se reprocha de s'en remettre à des considérations absurdes. Et pourtant il dormit sans cauchemars, sans douleur, pour la première fois depuis longtemps.

Si bien qu'il était déjà debout quand Louise vint le réveiller à six heures et demie et que, après un petit déjeuner vite avalé, il la suivit vers son domaine secret, dans la lumière étincelante de l'aube. L'air sentait l'herbe mouillée par la rosée, la fleur d'acacia, le sable de la rivière voisine, et il semblait à Matthieu que ce jour était le premier jour du monde : tout paraissait neuf, les arbres comme le ciel, les oiseaux comme les bosquets d'où ils s'envolaient à la découverte d'un univers que l'on eût dit né du matin.

Matthieu se souvint de pareilles heures passées sur le chemin de l'école, quand il se demandait s'il n'était pas seul au monde, insouciant, son cartable battant dans son dos, confiant dans l'existence étroite qu'il menait. Il connaissait toutes les haies, tous les nids, tous les oiseaux, tous les prés, toutes les fermes aperçues au loin, et même la proximité de l'école où régnait un maître sévère ne lui paraissait pas menaçante. Les menaces étaient arrivées plus tard, avant de devenir quotidiennes au cœur même du travail et de la vie qu'il menait en banlieue, et il avait fini par oublier la paix éternelle de son enfance, celle qui renaissait miraculeusement ce matin, dans les pas de Louise qui se penchait au revers des fossés pour cueillir ses plantes et ne se retournait même pas, comme s'il était là, derrière elle, depuis toujours et pour toujours. Elle s'arrêta seulement au milieu d'un petit bois de frênes, devant des fleurs de couleur bleue, aux reflets roses et violets.

— Des jacinthes des bois, dit-elle à Matthieu. C'est rare, ici. Mais chaque année, il en pousse quelques-unes.

Elle se baissa, en cueillit une délicatement et reprit, la montrant à Matthieu :

— Regarde à l'intérieur des crosses : les étamines ont la couleur de l'or.

Et elle répéta, comme pour elle-même :

— La couleur de l'or.

Mais ce jaune n'avait rien de métallique, au contraire : il était légèrement duveteux, presque orangé, comme des ailes de papillon.

— Tu vois, fit Louise, on ne soupçonne pas une beauté pareille, mais elle existe.

Matthieu examina les étamines et découvrit, au fond de la crosse, un petit coléoptère noir qui s'agitait doucement, sans la moindre crainte, lui sembla-t-il.

— Il y a un insecte à l'intérieur, dit-il à Louise en lui rendant la fleur.

— Oui, certains y vivent en permanence.

Et, comme Matthieu s'étonnait de la taille minuscule de l'insecte :

— Tu vois, la vie se cache dans les plus petites choses. C'est son royaume, mais elle le garde secret.

Elle enfouit délicatement quelques jacinthes dans son sac de toile, et elle se remit en route alors que Matthieu demandait :

— Tu t'en sers pour soigner ?

— Non ! Pas du tout ! Je les cueille parce qu'elles sont belles. Je les mettrai dans un vase.

Elle continua à avancer vers l'orée du bois, coupa des orchis mauves, entra dans une prairie dont les bordures étaient couvertes de menthe sauvage, de reines-des-prés, d'aigremoines odorantes, de centaurées, précédant toujours Matthieu qui suivait difficilement, mais n'osait pas lui demander de ralentir. Il lui sembla que Louise aurait préféré être seule, mais elle finit par s'arrêter et s'asseoir sur une petite butte, parmi les fleurs, en lisière d'un champ d'avoine, à l'ombre d'un noisetier. Elle demeura silencieuse un long moment après avoir invité Matthieu à s'asseoir près d'elle, puis elle murmura, comme si elle avait espéré depuis longtemps cet instant pour se confier :

— Ce qui m'a fait le plus souffrir, ça a été de ne plus pouvoir mettre au monde des enfants.

Surpris par cette confidence, Matthieu observa :

— Tu aurais pu aller travailler dans un hôpital.

— C'était trop loin. Paul avait besoin de moi. Et puis cette maison, c'était chez nous. On n'aurait jamais pu la quitter.

Elle soupira, poursuivit, un ton plus bas :

— On a longtemps espéré, quand même, que les choses s'arrangent. Mais la vie s'en allait, s'en allait, et on ne pouvait rien faire. Alors j'en ai cherché une autre, et j'ai fini par la découvrir. Ce n'était plus celle des hommes et des femmes, mais celle du monde : la plus secrète, mais la plus belle, et elle m'a aidée à guérir.

Elle se tourna vers Matthieu, qui souriait à la confiance que Louise lui témoignait, puis elle reprit :

— Notre corps se rebelle quand notre esprit souffre trop. Peut-être faut-il que tu fasses comme moi : trouver une autre vie qui te guérira.

— Est-ce qu'il n'est pas trop tard ?

— Trop tard ? À quarante ans ? Tu te moques de moi ?

Matthieu ne répondit pas : il se demandait comment il était possible de changer de vie, n'apercevait aucune échappatoire à celle qu'il menait.

— Je vais te dire un secret, murmura Louise. Il m'a été confié par un vieux médecin de campagne avec qui j'ai beaucoup travaillé. Il m'a dit la chose suivante : les hommes et les femmes qui souffrent le plus à la fin de leur vie, c'est-à-dire au moment de mourir, sont ceux qui ont vécu malheureux parce qu'ils n'ont jamais pu réaliser leurs rêves. Les autres s'en vont sans douleur.

— Qu'est-ce que tu es en train de me dire ? fit Matthieu. Que je devrais venir habiter ici ?

— Non, mon homme ! On ne peut pas vivre tourné vers le passé. Ce qu'il faut, c'est construire une vie que son esprit puisse habiter, c'est-à-dire un foyer où il se sente bien. Tu comprends ?

— Oui, je crois que je comprends, répondit Matthieu après un moment de réflexion. Mais ce n'est pas facile.

— Si c'était trop facile, ce ne serait pas assez beau, dit Louise énigmatiquement.

Et, tout à coup, en se levant :

— On est loin. Paul va nous attendre ! Allez ! Debout !

Et elle reprit le chemin de la maison sans paraître fatiguée le moins du monde, se retournant de temps en temps pour vérifier que Matthieu la suivait. Au passage, elle cueillit quelques campanules et quelques fleurs de genêts mais ne s'attarda pas, et heureusement, car Paul faisait les cent pas dans la cour avec impatience.

14

— Où étiez-vous passés ? leur lança-t-il, dès qu'il les aperçut.

Et il ajouta aussitôt, de la malice dans la voix :

— J'ai cru que vous vous étiez perdus.

Louise haussa les épaules et ne répondit pas. Matthieu eut à peine le temps de boire un verre d'eau à la cuisine, que déjà il fallut partir, car Paul attendait devant la voiture dont il avait ouvert la portière droite. Une fois sur la petite route, comme Matthieu conduisait lentement, afin de s'imprégner de tout ce qu'il retrouvait pour la deuxième fois avec toujours autant d'émotion, Paul lui fit remarquer :

— Je serais allé plus vite avec ma deux-chevaux.

— Ta camionnette ?

— Oui.

— Quel âge a-t-elle ?

— Trente ans. Mais elle tourne plus rond que la tienne.

Matthieu, sans répondre, accéléra, et sa pensée s'évada aussitôt. En reprenant cette route si familière, une certitude vint éclore dans son esprit : dès qu'il aurait repris des forces, il referait le chemin du village à pied. Il lui sembla alors que le jour où il en serait capable, il serait définitivement guéri. « Absurde, une nouvelle fois », songea-t-il, comme toutes ces pensées de secours qui naissaient bizarrement en lui depuis qu'il était sorti de l'hôpital. Peut-être l'effet de l'anesthésie ou des médicaments.

— Qu'est-ce que tu dis ? s'exclama Paul.

Matthieu s'aperçut qu'il avait parlé à mi-voix. Il sourit, demanda :

— Qu'est-ce qui presse tant, ce matin ?

— Si on arrive trop tard, il n'y aura plus de tourte à la boulangerie. Seulement des baguettes. Et j'aime pas les baguettes. C'est du pain de ville. Moi je veux du pain avec beaucoup de croûte, et de la mie épaisse. Du vrai pain, quoi !

— Fallait me le dire, fit Matthieu.

— Je te le dis.

Puis Paul s'enferma dans un silence bougon jusqu'à ce que Matthieu, cinq minutes plus tard, se gare sur la petite place qui se trouvait entre l'école et la rue principale de Bayac.

— Tu me suis ? demanda Paul en descendant.

— Bien sûr !

Combien de fois Matthieu était-il allé chercher du pain, le jeudi matin, pour son plus grand plaisir, car il y avait à la boulangerie deux bocaux qui contenaient, l'un des bonbons acidulés rouges, l'autre des caramels ! Et chaque fois, avec la monnaie, il avait droit à une demi-douzaine de sucreries dont il se régalait sur le chemin du retour. En s'interrogeant sur le fait de savoir si ces deux bocaux existaient toujours, il suivit difficilement Paul qui marchait rapidement.

Le jour de son arrivée, avant de tourner à droite pour quitter la rue principale, Matthieu n'avait pas remarqué que les principaux commerçants avaient fermé boutique. Ce n'était qu'une succession de portes closes, excepté une boucherie, la boulangerie, et, étrangement, l'échoppe de l'ancien chapelier dont il se demanda comment elle avait pu survivre et qui pouvait la fréquenter aujourd'hui.

Le temps avait des bizarreries aussi surprenantes que dérisoires : c'est ce que se dit Matthieu en entrant, le souffle court, derrière Paul qui salua une grosse femme inconnue, au front immense et dégagé, portant chignon et blouse blanche, avant de désigner du doigt l'unique tourte qui restait sur l'étagère. Après avoir également salué la boulangère, Matthieu remarqua qu'il n'y avait plus aucun bocal, à droite du comptoir, et quelque chose en lui se noua, comme si cette découverte révélait un fait d'une extrême gravité. Il eut la conviction soudaine et effrayante qu'un drame s'était joué alors qu'il avait le dos tourné, et qu'il en était responsable. Ce fut si violent qu'il eut un malaise et dut s'appuyer contre le mur, ce qui alerta Paul en train d'empocher sa monnaie :

— Qu'est-ce qu'il y a ? Ça va pas ?

— Si ! dit Matthieu, furieux contre lui-même à cause des étrangetés de ses pensées, de plus en plus absurdes.

« Responsable de quoi ? aurait dit Odile. Comme si le monde entier dépendait de toi ! » Et pourtant ! songea-t-il. Ne faisait-il pas partie de ceux qui avaient quitté ce monde-là pour un autre, le laissant à l'abandon sans se soucier de ceux qui y restaient fidèles ? « Tu ne sauveras pas la terre entière ! » aurait ajouté Odile. Effectivement ! Mais pourquoi cette sensation de trahison, ce matin, l'envahissait-elle au point de réveiller en lui les difficultés à respirer qu'il connaissait trop bien ?

— Vous voulez vous asseoir ? demanda la boulangère.

— Merci ! Ça va aller.

Matthieu rassembla ses forces et fit un effort de tout son être pour précéder Paul dont le visage avait pris une mine sombre, presque agressive. Une fois dans la rue, il se sentit un peu mieux, et se mit en marche, mais lentement, devant Paul qui n'osait pas lui proposer son aide. À un moment donné, comme Matthieu s'arrêtait quelques secondes, Paul faillit prendre son bras, mais finalement il y renonça. Aussi ce fut avec un grand soulagement que Matthieu parvint à la voiture et put enfin s'asseoir, toujours aussi furieux contre lui-même, mais cette fois à cause de la peur qu'il avait découverte sur le visage de Paul. Il démarra aussitôt, comme pour lui prouver que tout allait bien, et, au bout d'une centaine de mètres, Paul lui dit, avec une gaieté feinte dans la voix :

— Ce soir, on relève les nasses. N'oublie pas !

— C'est moi qui mènerai la barque, dit Matthieu.

— Tu crois que tu sauras encore ?

— Bien sûr que oui !

Ce fut tout. Ils ne parlèrent plus jusqu'à leur arrivée à la maison où ni l'un ni l'autre ne fit allusion devant Louise à l'incident de la boulangerie. À deux ou trois reprises Matthieu sentit le regard de Paul posé sur lui, mais il feignit de ne pas le remarquer et il se força à manger plus qu'il n'en avait envie pour leur montrer qu'il avait retrouvé de l'appétit et qu'il était sur le bon chemin.

15

Désormais, il savait : devant la maladie et la mort, Paul personnifiait le refus, la colère, la révolte ; Louise : l'acceptation, la douceur, l'espoir consolant d'une autre vie. Avec elle il pouvait parler, apprivoiser l'inconnu, avec lui il n'y avait de place que pour le combat. Ces deux voies possibles étaient finalement aussi profitables l'une que l'autre. Précieuses aussi : Matthieu était épaulé du côté droit comme du côté gauche, il pouvait avancer sans crainte, leur faire confiance et se sentir un peu mieux assuré sur ses jambes comme dans ses pensées.

Il le vérifia ce soir-là sur le bras mort de la rivière, en retrouvant les gestes nécessaires au maniement de la rame, ceux que Paul lui avait appris, enfant, et qui ressurgissaient d'eux-mêmes, malgré son appréhension, comme si cette mémoire-là, au moins, avait triomphé du temps. Il s'agissait de faire pénétrer la rame dans l'eau sans le moindre bruit, de peser sur elle en douceur, de guider le bateau en la faisant jouer latéralement, appuyée contre le rebord, pour s'en servir de gouvernail. Ensuite, il fallait stopper la barque au-dessus de la nasse, la tenir immobile le temps que Paul fasse couler les gardons dans le fond, puis repartir en longeant la rive, dans la pénombre des frondaisons à travers lesquelles ne passaient plus que quelques rayons de soleil. Matthieu y réussit parfaitement, et sans la moindre douleur, ce qui l'étonna et le ravit en même temps.

En rentrant dans le soir finissant derrière Paul qui portait la bourriche, Matthieu, alors, songea que tout n'était peut-être pas perdu. L'essentiel ne demeurait-il pas vivant en soi ? Ce silence, ces poissons frétillants, ce glissement de la barque sur l'eau, ce contact lisse du manche de la rame, il les connaissait depuis longtemps et ils s'étaient réveillés en lui, un peu comme s'ils avaient toujours été présents, simplement endormis, peut-être. Les oiseaux qui allaient se brancher pour la nuit, l'ombre douce qui s'étendait le long des haies, l'aboiement d'un chien dans le lointain, puis le silence de velours qui lui succédait n'incitaient pas Matthieu à presser le pas. Paul se retournait de temps en temps, repartait sans un mot, et sa silhouette trapue, lourdement assurée sur la terre, augmentait chez Matthieu la sensation agréable de temps aboli, de permanence qui était née à plusieurs reprises depuis son retour.

Une fois arrivés, alors que Louise et Paul s'asseyaient pour attendre la nuit sur leur banc familier, il s'éloigna vers le jardin pour téléphoner à Odile. Cette voix lointaine brisa d'un coup le sortilège de cette soirée, dès que sa femme manifesta la volonté de venir le rejoindre :

— Quoi que tu me dises, je sens que tu as besoin de moi, lui dit-elle. Je peux prendre quelques jours de congé, tout de même.

Il dut batailler ferme pour l'en empêcher. Comment lui faire comprendre qu'il n'avait pas besoin d'elle, alors qu'elle l'avait vu si souffrant, si désespéré ? Et comment lui expliquer que la présence de Paul et de Louise lui était plus secourable que la sienne ? Il s'en voulut de son intransigeance, et en même temps, malgré sa mauvaise conscience, il ne songea pas une seule seconde à lui concéder quoi que ce fût :

— Je t'assure. Je me sens bien. Ne t'inquiète pas.

Ayant raccroché de mauvaise humeur, il marcha encore un moment dans les allées du jardin dont la terre et les légumes, délivrés de la brûlure du soleil et arrosés par Louise pendant qu'il relevait les nasses avec Paul, exhalaient maintenant une fraîcheur délicieuse. Puis il revint vers la maison et s'assit un instant sur le banc en leur compagnie. La nuit finissait de tomber dans des froissements très doux, que déchirait de temps en temps le vol haché d'une chauve-souris.

— Il faudrait peut-être aller dormir ! dit Louise.

Ni Paul ni Matthieu ne lui répondirent. Le silence épaississait le temps qui semblait s'être arrêté. Louise se leva et disparut dans la maison. Paul soupira, s'essuya le front avec ce geste familier de la main vers l'arrière qui donnait l'impression de lisser des cheveux depuis longtemps absents, puis il se leva à son tour en disant :

— Allons ! Demain il fera jour.

La banalité rassurante de ces quelques mots fit sourire Matthieu qui le suivit et, après avoir fait un brin de toilette, pris ses médicaments, gagna sa chambre où il se déshabilla entièrement car il faisait très chaud. À cause de la sueur, sa cicatrice le démangeait atrocement, mais la douleur habituelle dans sa poitrine le laissait en paix. Il ouvrit la fenêtre et le chant paisible des grillons emplit délicieusement la pièce où il venait de se recoucher.

Peu après, une vague, au loin, se leva, qui le fit respirer plus vite. Une odeur salée, puissante, pénétrante, riche de plusieurs parfums mêlés le renvoya alors vers les étés d'autrefois, en lui donnant l'impression d'être soulevé comme par la mer : les foins ! Un paysan avait dû commencer à couper l'herbe d'une prairie, et cette odeur montait, courait dans la vallée avec la force de ses herbes sauvages, de ses fleurs, de ses sèves saturées de soleil que la relative fraîcheur de la nuit, maintenant, libérait, recouvrant toutes celles du jour. C'était celle des longs soirs de juin d'autrefois, si longtemps oubliée, et qui surgissait avec la même douceur capiteuse, emportant Matthieu vers ces heures où la vie coulait d'elle-même, chaude, rassurante, interminable, accordée pour toujours.

Il se releva et alla s'accouder à la fenêtre pour mieux la respirer, avec en lui la sensation qu'elle agissait comme une caresse. Il se souvint d'un jour où il avait accompagné Paul chez un paysan : il revit la faucheuse au siège de métal percé de trous arrondis tirée par une jument, la râteleuse aux pointes acérées qui s'agitaient comme les pattes d'un insecte monstrueux, les fourches en bois avec lesquelles ils avaient aligné des rangs d'où giclaient les sauterelles, puis les meules savamment bâties afin qu'elles ne s'écroulent pas en cas d'orage. Enfin, le soir, Matthieu avait aidé le paysan – qui s'appelait comment ? Il ne se souvenait plus – à entasser le foin dans la « juque », sous les tuiles brûlantes, dans l'air saturé, irrespirable de la fin de journée, pieds nus – il s'était fait mordre un orteil par un lucane prisonnier du foin, il avait crié, et le paysan s'était moqué de lui.

N'étaient-ce pas les promesses de cette odeur-là qui s'étaient éveillées en lui et l'avaient appelé à sa sortie de l'hôpital, alors qu'il était sur le point de s'abandonner à son sort ? Et n'était-ce pas aussi le souvenir enfoui des longs soirs de juin vécus entre Paul et Louise dans la paix protégée de la vallée au sein de laquelle il avait grandi ? Il lui sembla qu'il avait renoué le seul lien qui pouvait l'arrimer au monde des vivants avec assez de force pour survivre à la trahison de son corps. Il se recoucha en se disant que sans doute les choses n'étaient pas si simples, et pourtant il ne ressentit pas la moindre menace dans son sommeil : ni l'appréhension de la douleur ni la douleur elle-même ne vinrent le tourmenter une seule fois, durant cette nuit-là.

16

— Je crois qu'ils ont commencé les foins, dit-il à Paul le lendemain matin, en déjeunant face à lui.

— Oui. Dans le pré d'Astier. C'est toujours lui qui commence le premier.

— Je sais où il se trouve. J'irai voir.

Et, comme Paul ne répondait pas :

— Je me rappelle la faucheuse, les andains et les meules. Tu sais, tu m'avais emmené avec toi plusieurs fois. C'était un sacré travail !

— Tout ça a bien changé ! dit Paul. Avant, on mettait cinq ou six jours, et encore si le temps allait bien, mais aujourd'hui en quarante-huit heures c'est terminé.

Matthieu en fut très étonné.

— Oui, expliqua Paul, avec leur tracteur ils coupent, écartent, font sécher et le lendemain, avec l'emballeuse, ils avalent les andains, les ressortent en boules de foin très serrées et les rentrent avant le soir.

— J'irai voir quand même, fit Matthieu.

— Alors, dépêche-toi !

Paul referma son couteau, se leva en disant :

— Je vais à la cave, tirer du vin.

— À la cave ? Tu mets encore du vin en tonneau ?

— Bien sûr.

— À qui l'achètes-tu ?

— À un paysan du coin.

— Attends ! Je te suis.

Une bouteille sous chaque bras, Paul sortit et retrouva Louise dans la cour, qui venait du jardin.

— Je vous fais de l'oseille à midi, avec des œufs durs, dit-elle en feignant de quêter une approbation dont elle n'avait nullement besoin.

Matthieu l'embrassa, tandis qu'elle demandait :

— Tu as bien dormi ?

— Oui.

Elle s'en alla et Paul fit jouer dans la serrure de la cave l'énorme clef qui avait toujours paru à Matthieu capable d'ouvrir les portes d'un château fort. Cette cave jouxtait la grange, mais elle ne possédait qu'un petit « fenestrou » par lequel n'entrait qu'une chiche lumière, si bien qu'elle demeurait toujours fraîche, même aux jours les plus chauds. Et tout de suite, l'odeur, de nouveau, s'empara de Matthieu : un mélange d'humidité, de barriques, de vin, de moût, un peu semblable à celle qu'il sentait en octobre, sur le chemin de l'école, quand l'alambicaire s'installait à l'entrée du village. Ce fut si violent, une nouvelle fois, si émouvant, qu'il chancela, comme si en une seule bouffée d'air il avait quitté le monde d'aujourd'hui pour celui d'autrefois et sans savoir vraiment, dans l'instant, quel était celui auquel il appartenait.

Rien n'avait changé dans cet antre humide, pas même le garde-manger toujours suspendu à une poutre du plafond, avec son grillage très fin, son ossature en bois léger, son étagère aujourd'hui vide, mais où, jadis, Louise gardait les aliments périssables, dont les fromages qui, parfois, gouttaient sur le sol cimenté. Et quand Paul s'accroupit pour tirer le vin d'un tonneau dont le robinet couleur violine exigeait d'être ouvert avec précaution, Matthieu se revit accomplir ce même geste avec la hantise de ne pas refermer à temps, comme il lui était arrivé plusieurs fois, en redoutant des réprimandes dont Paul était bien incapable.

Dans un coin, des pommes s'accumulaient avec une odeur sucrée qui se mêlait à celle des barriques et portait à la tête. Le long du mur se trouvaient des cagettes, des rouleaux de ficelle, des pelles, des houes, des manches d'outils, toutes sortes d'ustensiles destinés à des usages aujourd'hui devenus inutiles, mais qui ressuscitaient, précieusement, les gestes dont Paul, en se redressant, ravivait la mémoire.

— Tu viens ? dit-il.

— Oui, fit Matthieu qui avait du mal à quitter cette remise où il était entré tant de fois seul, mais toujours avec la sensation d'être précieux à Louise qui demandait : « Va me chercher des pommes de terre à la cave. » Ou encore : « Un fromage de chèvre dans le garde-manger ! Manœuvre la poulie doucement pour le faire descendre. Et ne le fais pas tomber en revenant ! »

De petites choses, insignifiantes, s'il y réfléchissait bien, mais révélatrices d'une vie dont la perte en cet instant, comme à la boulangerie, l'accablait. Il suivit Paul qui referma la porte et lui dit avant de rentrer :

— Si tu veux aller au pré d'Astier, vas-y maintenant, avant la chaleur.

C'est ce que Matthieu avait l'intention de faire.

— Tu sais où il se trouve ?

— Oui ! Derrière la petite grange, à droite.

Il partit sans se presser sur la route déserte, en se souvenant qu'il s'était promis de reprendre le chemin de l'école dès qu'il se sentirait mieux, et il eut un petit rire de dérision en songeant à ces idées étranges qui lui venaient, et qui lui semblaient primordiales alors qu'Odile, par exemple, les aurait trouvées ridicules. « Oui, mais Odile, songea-t-il avec une sorte de satisfaction morbide, n'a pas été opérée d'une tumeur aux poumons. » Et ce jugement péremptoire suffit à lui rendre le plaisir espéré du fait de marcher seul dans le matin tremblant de lumière, à la rencontre d'un trésor perdu.

Il ne lui fallut pas plus de dix minutes pour apercevoir le pré où des andains réguliers s'allongeaient parallèlement, et pour sentir de nouveau l'odeur qui était venue le cueillir la veille au soir, alors qu'il cherchait le sommeil. Mais ce n'était pas tout à fait la même, car un peu de rosée s'était posée sur l'herbe fauchée, et le soleil ne l'avait pas encore asséchée.

Matthieu s'assit sur une souche laissée à l'abandon et se laissa pénétrer par la légèreté de l'air, fermant les yeux puis les rouvrant soudainement, comme pour vérifier qu'il était bien présent dans ce coin de vallée, et non pas sur un chantier de banlieue ou sur un lit de douleur dans un hôpital. Il n'attendit pas plus d'un quart d'heure avant qu'un tracteur n'apparaisse, traînant derrière lui une machine un peu semblable aux râteleuses d'avant. Le conducteur – un homme d'une cinquantaine d'années qui ne parut même pas l'apercevoir – se mit en devoir de soulever les andains et de les écarter.

Si les andains étaient humides en surface, ils demeuraient secs au ras du sol, si bien que dès qu'ils furent soulevés et projetés en l'air, de la poussière en suspension s'éleva et atteignit rapidement les lisières du pré où Matthieu fut brusquement secoué d'une quinte de toux qui réveilla la douleur dans sa poitrine. Au point qu'il dut s'enfuir avec la sensation qu'elle se déchirait, et que, plié sur lui-même, il ne put enrayer la toux avant d'avoir parcouru une centaine de mètres. Alors il s'arrêta, essaya d'inspirer doucement par le nez, juste ce qu'il fallait pour nourrir ses poumons d'oxygène, et sa toux se calma. Mais pas la douleur qui le renvoya brutalement vers sa chambre d'hôpital, au cours des heures qui avaient suivi l'opération.

Anéanti par l'impression que tous les jours passés depuis lors n'avaient servi à rien, que la douleur redoutée ne disparaîtrait jamais, il s'assit sur un mur à l'ombre d'un noyer, et s'efforça de se fondre dans l'harmonie de la vallée qui finissait de s'éveiller sous un ciel où s'étiraient les dernières écharpes de brume. Il n'était pas question d'affronter le regard de Paul ou de Louise avant de se sentir mieux. Plus que du désespoir, c'était de la colère qui l'envahissait à présent : devrait-il être privé des plus infimes plaisirs auxquels il avait accès ? Qu'est-ce qui lui resterait s'il lui était interdit de respirer le seul air qui lui semblait capable de le réconcilier avec le peu de vie qui demeurait en lui ? Heureusement, la douleur reflua légèrement : même si elle se concentrait sur la partie de son poumon qui avait été amputée, elle ne rayonnait plus dans sa poitrine et devenait plus supportable. Il se demanda pourtant si cette violente quinte de toux n'avait pas rompu des tissus sous sa cicatrice, et il s'en inquiéta un long moment.

Il se remit en route, prit à petits pas un chemin qui menait vers la rivière en essayant d'oublier ce qui venait de se passer. Une fois sur la rive, l'éclat de la lumière neuve du jour sur l'eau vagabonde, l'air plus frais qui circulait entre les aulnes et les saules le délivrèrent de ses sombres pensées. Il sentit qu'il respirait mieux, et le souvenir de Paul luttant contre sa truite énorme deux jours auparavant finit de l'apaiser. Le balbuzard pêcheur qui tournait tout là-haut semblait le surveiller ou lui reprocher sa présence en ces lieux. Alors Matthieu prit le chemin de la maison, bien décidé à ne rien dévoiler de ce qui s'était passé au bord du pré couvert de foin.

17

En réalité, il était bien incapable de cacher à Louise quoi que ce fût. Assise à table en train de nettoyer les feuilles d'oseille fraîche, un seul regard lui suffit pour comprendre qu'il s'était passé quelque chose.

— Assieds-toi ! dit-elle à Matthieu qui ne se fit pas prier, car ses jambes le portaient à peine.

Il devina que la douleur avait laissé une crispation sur son visage et ne chercha pas à nier quand elle demanda :

— Ça ne va pas ?

— Une quinte de toux à cause de la poussière du foin. Mais ça va mieux maintenant.

Elle feignit de fixer son attention sur l'oseille pour ne pas croiser son regard.

— Où est Paul ?

— Il a pensé que tu ne reviendrais pas de sitôt et il est allé déplacer ses nasses.

— Je peux t'aider ?

— Si tu veux.

Il s'agissait de trier les feuilles qui étaient abîmées par des tavelures ou en partie rongées par les limaces. Matthieu n'en eut pas le temps, car une nouvelle quinte de toux l'obligea à se lever et il eut la sensation d'un mauvais goût dans la bouche. Il prit son mouchoir, s'essuya les lèvres et découvrit du sang. Louise avait levé la tête à l'instant où il avait quitté la table et elle vit Matthieu pâlir, avant de dissimuler prestement son mouchoir et de revenir s'asseoir.

— Les plaies internes peuvent saigner longtemps, dit-elle. Ne t'inquiète pas, c'est normal.

Et, comme il ne répondait pas, trop ébranlé par une découverte qui remettait tout en question :

— Je vais te faire une infusion.

Matthieu leva vers elle un regard sceptique, mais le sourire et le calme apparent de Louise lui firent du bien. Il eut l'impression, une nouvelle fois, que près d'elle rien de grave ne pouvait lui arriver. Sa peur fondit en un instant, tandis que, repoussant les feuilles d'oseille, Louise se mettait à trier des herbes qu'elle avait sorties d'un sac suspendu au-dessus du buffet.

— Qu'est-ce que c'est ? demanda Matthieu.

— De l'achillée millefeuille, de l'arnica et de la bourse-à-pasteur.

— Et tu espères me guérir avec ça !

— Te soulager, fit-elle.

Il soupira, murmura avant qu'elle ne passe dans la cuisine pour mettre de l'eau à chauffer :

— Sois raisonnable, Louise. On ne soigne pas les plaies internes d'une opération avec des herbes.

Elle se retourna, répondit :

— Je ne soigne pas, mais j'aide : je te l'ai déjà dit.

— Oui, c'est vrai !

Elle disparut un instant, fit couler de l'eau dans une casserole, alluma la gazinière et revint vers Matthieu qui, lui, n'avait pas bougé. Toujours souriante, elle s'assit de nouveau en face de lui et reprit :

— Moi aussi je me suis aidée, tu sais. Il a bien fallu quand j'ai perdu mon petit garçon âgé de trois semaines. C'était avant la naissance de ta mère : un an avant exactement.

Matthieu, stupéfait, balbutia :

— Je ne savais pas. Personne ne m'a jamais rien dit.

— Ce ne sont pas des choses dont on parle, soupira Louise. Sans doute parce qu'elles font trop mal.

Il y eut un silence, puis Matthieu demanda doucement :

— Il est mort de quoi ?

— On ne l'a jamais su. Je l'ai trouvé dans son petit lit un matin : il ne respirait plus.

De longues secondes passèrent, durant lesquelles les yeux de Louise se voilèrent, mais pas une larme ne coula.

— C'est Paul qui s'est occupé de tout, reprit-elle d'une voix blanche. Moi, je n'ai pas pu.

— Il s'appelait comment ?

— Il s'appelait Pierre, fit-elle en se levant pour surveiller l'eau mise à bouillir dans la cuisine.

Elle demeura invisible une minute, le temps de verser les herbes, puis elle revint en souriant.

— Je me suis aidée non pas par les plantes, à l'époque je n'avais pas le temps d'en ramasser, mais en faisant un autre enfant très vite, si bien que ta mère est née un an plus tard.

Elle ajouta, après un soupir :

— Heureusement.

Puis, comme Matthieu restait silencieux, submergé par ce qu'il venait d'apprendre :

— Quand tu es arrivé, toi, j'ai cru que c'était mon petit qui revenait. Il m'a semblé qu'on me rendait ce qu'on m'avait pris. Tu vois : il faut toujours avoir confiance.

— Et pourtant, tu m'appelais « mon homme », dit Matthieu.

Louise soupira.

— Peut-être parce que j'avais peur et qu'il me tardait que tu deviennes grand.

Elle se leva de nouveau, repassa dans la cuisine où elle s'affaira un moment, le temps de laisser infuser son mélange d'herbes dont le parfum réjouit Matthieu. Elle s'attarda plus longtemps qu'il n'était nécessaire, lui sembla-t-il, sans doute pour retrouver un peu d'empire sur elle-même, puis elle revint en portant une tasse qui fumait en embaumant.

— Pas de sucre, dit-elle en s'asseyant face à Matthieu. Ce n'est pas la peine.

Il essaya de boire une gorgée, mais c'était trop chaud et il reposa la tasse devant lui en demandant :

— Et Paul ?

— Il a tout pris sur lui et il n'en a jamais reparlé. Tu sais comme il est : devant ce genre de choses il se ferme complètement et il lutte seul.

Elle sourit, ajouta :

— Mais il m'a aidée. Enfin, je veux dire : il m'a portée jusqu'à ce que je retrouve des forces.

De nouveau le silence s'installa. Matthieu parut hésiter, puis il demanda :

— Et cet enfant, il est... où ?

Il avait buté sur le mot « enterré », n'avait pu le prononcer.

— Dans le cimetière du village, de l'autre côté de la route, au-dessus de l'église.

— Je ne me souviens pas t'avoir vue y aller.

— Je n'y allais pas souvent. Je ne pouvais pas. Aujourd'hui, je n'y vais qu'une fois par an... Je n'ai pas l'impression qu'il soit là-bas.

— Il serait où, alors ?

— Il est en moi. Je fais comme s'il n'était pas encore né, comme s'il allait naître un jour. Mais contrairement à une femme qui n'a pas encore accouché, moi, j'ai la chance de le connaître.

Elle sourit, et son regard ne se déroba pas quand elle demanda :

— Tu ne bois pas ?

— Si.

Il essaya, mais c'était encore chaud et il reposa la tasse devant lui.

— Quand tu étais petit, tu lui ressemblais, reprit Louise.

— Et aujourd'hui ?

Il prit conscience de l'absurdité de sa question et haussa les épaules.

— Sans doute il te ressemblerait, dit-elle, il n'y a aucune raison pour qu'il en soit autrement : tu es le fils de ma fille.

Elle soupira, ajouta :

— Ça me fait du bien de te voir.

— Même de me voir malade ?

— Tu vas guérir.

— Mais comment peux-tu en être sûre ?

— Je le sais. Ça me suffit.

Matthieu n'insista pas : c'était tellement bon, une nouvelle fois, cette assurance placide, cette proximité rassurante, ce sentiment d'invulnérabilité qu'elle provoquait en lui !

Il porta la tasse de tisane à sa bouche, et but une gorgée bien qu'elle fût encore très chaude. Cela ne ressemblait à rien de connu : un peu d'amertume, un peu d'acidité, puis elles s'effaçaient derrière une douceur inattendue, semblable à du miel.

— C'est bon ?

— Très bon. Merci !

Louise hésita, puis ajouta :

— Ne parle pas à Paul de ce que je viens de te dire. Je suis persuadée qu'il n'a pas oublié.

— Ne t'inquiète pas.

Louise hésita encore, comme si elle allait lui révéler un autre secret, puis elle murmura :

— Souvent il me dit qu'il va relever ses nasses, mais il revient sans le moindre poisson. Je ne sais pas ce qu'il fait.

— Tu n'as jamais cherché à savoir ?

— Non. Je n'ai pas osé. Je ne veux pas le surveiller, mais parfois ça m'inquiète.

Matthieu sourit, demanda :

— Et tu voudrais que je le surveille, moi ?

— Le surveiller, non. Mais tu pourrais essayer de le chercher et le découvrir par hasard. Je n'aime pas qu'il me cache quelque chose. Il ne l'a jamais fait.

Matthieu posa une main sur celle de Louise en disant :

— Je te promets d'essayer. Mais pas ce matin.

Elle sourit.

— Rien ne presse, dit-elle. Nous avons tout le temps, maintenant, puisque tu restes ici.

— Pas plus d'une semaine.

— Il s'en passe des choses en une semaine, fit-elle, en se levant pour aller faire cuire son oseille.

Et, comme Matthieu ne répondait pas :

— Ce soir, on cueillera les petits pois. Je les cuisinerai demain avec un rôti de veau.

Il se souvint que c'était une corvée qu'il n'aimait pas, enfant, mais il n'eut pas le cœur de le rappeler à Louise. Au contraire, il se revit dans le jardin entre elle et Paul, il y avait si longtemps, et de nouveau une vague de bonheur insensé le submergea, au point qu'il sentit le parfum des cosses vertes – parfum léger mais pénétrant, doux et acide à la fois, frais comme l'ombre du soir tombée sur elles –, et qu'il ferma les yeux pour le garder en lui le plus longtemps possible, transporté vers les premières années de sa vie avec la délicieuse sensation, cette fois, de n'en avoir rien perdu.

18

Ils finissaient de déjeuner, dans un silence où rôdaient les questions muettes de Louise au sujet de l'absence de Paul pendant la matinée, quand ils entendirent le moteur d'une voiture qui se garait dans la cour.

— Tu attends quelqu'un ? demanda Louise à Matthieu.

— Non.

— Et toi ? fit Louise en s'adressant à Paul d'une voix qui laissait percer de la contrariété.

— Bien sûr que non ! Qui veux-tu que j'attende ?

Elle haussa les épaules, se leva, marcha vers la porte, l'ouvrit et s'exclama aussitôt :

— Matthieu ! C'est Odile !

Il ressentit une légère crispation dans son estomac, son regard croisa celui de Paul aussi étonné que lui, puis il suivit Louise qui déjà s'avançait vers la Peugeot d'Odile et l'embrassait en disant :

— Quelle surprise ! Ça me fait plaisir de vous voir ! Mais entrez vite, il fait trop chaud au soleil !

Louise se retourna et, découvrant Matthieu, la mine sombre derrière elle, elle se hâta d'entrer dans la maison, les laissant seuls face à face, refermant à moitié la porte derrière elle. Matthieu regardait Odile comme si elle était descendue de la lune et il se demandait si cette belle femme blonde aux yeux bleus était bien sa femme, tant sa présence ici, en ces lieux si étrangers pour elle qui n'y était venue qu'une fois ou deux, lui semblait... irréelle, inutile, vaguement déplacée. Car Odile avait toujours personnifié pour lui sa deuxième vie, et même s'il l'avait aimée – l'aimait encore –, il savait que ce monde-là – celui de Louise et de Paul – ne coïnciderait jamais avec celui de sa femme. Ils étaient trop différents, inconciliables. Car Odile avait toujours vécu en ville : à Grenoble d'abord où elle était née, puis à Paris, le chalet de Villard-de-Lans de ses parents ne servant qu'aux vacances...

Et pourtant elle était là, se tenait devant lui, souriante, avec une telle humilité que Matthieu s'approcha d'elle, la prit dans ses bras et, tendrement, l'embrassa.

— J'avais besoin de savoir, murmura-t-elle. Je m'inquiétais trop.

— Viens ! dit-il.

Il la prit par la main pour la faire entrer dans la maison où Louise avait déjà ajouté une assiette sur la table, et où Paul, qui s'était levé, se laissa embrasser puis désigna une place à côté de Matthieu en disant :

— Asseyez-vous là ! Vous devez avoir faim !

— Un peu, répondit Odile. Je suis partie à six heures et je ne me suis pas arrêtée.

— C'est pas bien prudent ! fit Louise en portant le plat d'oseille sur la table.

Et, aussitôt, lui donnant une louche pour se servir :

— J'espère que vous aimez ça. C'est de l'oseille avec des œufs.

— Mais oui, répondit Odile, ne vous inquiétez pas : je mange de tout.

Le silence se fit pendant qu'elle se servait, et Matthieu surprit le regard de Paul qui semblait s'interroger sur ce qui pouvait bien lier l'homme et la femme qui étaient assis en face de lui – elle blonde, fine, les yeux clairs, et Matthieu brun, la peau mate, les yeux noirs –, si différents physiquement, mais pas seulement : elle avait des gestes délicats, presque maniérés, alors que Matthieu avait gardé de son enfance campagnarde des manières de table plus rustiques, en tout point semblables à celles de ses grands-parents, et dont, malgré ses efforts, il n'avait jamais pu se défaire.

— C'est très bon, fit Odile, qui manifesta aussitôt le besoin de justifier auprès de Louise et de Paul son arrivée impromptue. Je m'inquiétais. Mais ne vous en faites pas : je ne resterai pas longtemps.

— Vous resterez le temps que vous voudrez, répondit Louise.

Et, souriant, en désignant Matthieu de la main :

— Il va bien.

— Oui, fit-il, je vais mieux.

— J'ai été rassurée dès que je l'ai vu, murmura Odile après s'être effleuré les lèvres avec un coin de serviette.

Paul demeurait silencieux, vaguement hostile, mais Matthieu savait qu'il ne le montrerait pas.

— J'ai eu une quinte de toux ce matin à cause du foin, dit-il pour briser le silence, mais sinon je me sens bien.

Louise vint à son secours en ajoutant :

— Je le soigne avec des tisanes.

— Des tisanes ? fit Odile. Je les goûterais volontiers.

Elle ne paraissait pas s'apercevoir de cette sorte de gêne qui s'était installée dans la maison, ou alors elle le cachait bien. Matthieu reconnaissait là l'exquise politesse dont elle faisait toujours preuve, même dans les circonstances les plus pénibles, au contraire de lui qui ne dissimulait jamais ses états d'âme. Elle interrogea Louise sur la manière de cuisiner l'oseille, et où elle s'en procurait.

— Dans le jardin ! intervint Paul. Il nous suffit de nous baisser pour la ramasser.

— Et vous cultivez autre chose ? fit Odile d'une manière naturelle, comme si elle s'intéressait vraiment à ce sujet.

— Un peu de tout, s'interposa Louise : des tomates, des melons, des courgettes, des haricots verts, des petits pois, des salades. Tout ce dont nous avons besoin.

— C'est merveilleux de faire pousser ses propres légumes ! fit Odile. Je crois que j'aurais beaucoup aimé ça.

— C'est du travail ! s'exclama Paul. Demandez à Matthieu ! Il en a fait son aise quand il était petit, ici, chez nous.

— C'est vrai, approuva Matthieu. Et aujourd'hui ça continue : il me fait trimer comme un ouvrier agricole.

Ils rirent tous les quatre et l'atmosphère se détendit enfin. La conversation roula alors sur les goûts culinaires de chacun, jusqu'à ce que Louise apporte une tarte aux fraises qui fit s'extasier Odile sur le moelleux délicieux de la pâte et le sucré des fruits sans la moindre acidité. À la fin du repas, la tension était retombée, au grand soulagement de Louise qui s'y était employée avec toute la bienveillance dont elle était capable.

— Si vous voulez vous reposer, proposa-t-elle, Matthieu va vous montrer la chambre.

— Je veux bien, répondit Odile, qui ajouta aussitôt : la route a été longue.

Puis, s'adressant à Matthieu :

— J'ai un sac dans la voiture.

Il alla le chercher, constata non sans une certaine satisfaction que le bagage était mince, puis ils pénétrèrent dans la chambre où ils s'allongèrent côte à côte, la tête d'Odile venant s'appuyer sur son épaule.

— Tu ne m'en veux pas ? souffla-t-elle.

— Mais non, dit-il. Bien sûr que non.

Elle soupira, reprit :

— Je sens que tu vas mieux. Tu as eu raison de venir.

— Oui.

— Je ne vais pas te déranger. Je repartirai demain.

— Si tu veux.

— À moins que tu préfères que je reste ?

— On verra demain, dit-il pour ne pas la froisser, mais il espérait bien qu'effectivement elle repartirait, parce qu'il savait pertinemment que, malgré ses efforts et sa gentillesse, elle demeurerait étrangère à ces lieux qui n'appartenaient qu'à lui, à cette vie qu'il avait menée avant elle, et dont elle ne s'accommoderait jamais.

Ils demeurèrent silencieux un moment, puis il sentit qu'elle s'endormait, et il évita de bouger pour ne pas la réveiller. Mais c'était bon, ce souffle léger contre lui, cette chaleur et ce parfum qu'il aurait reconnus entre mille, même au bout du monde. Il redouta qu'une nouvelle quinte de toux ne vienne l'assaillir, mais sa poitrine le laissa en paix et il se demanda vaguement, avant de s'endormir lui aussi, si la tisane de Louise n'était pas, comme elle le prétendait, une tisane miraculeuse.

Quand il se réveilla, une heure plus tard, Odile dormait toujours et il se leva sans faire de bruit, passant dans la cuisine où Louise somnolait sur son fauteuil, face à la cheminée.

— Elle dort ? demanda-t-elle.

— Oui.

Matthieu s'installa face à elle, qui lui sourit :

— Tu savais qu'elle allait venir ?

— Non.

— Tu es contrarié ?

— Non. Elle repartira demain, comme elle l'a dit.

— Tu pourrais quand même lui proposer de rester plus longtemps. Ce n'est pas très aimable de ne pas essayer de retenir les gens quand ils viennent vous voir de si loin.

Matthieu ne répondit pas ; il esquissa seulement un geste vague de la main. Louise parut réfléchir, hésiter, puis :

— Je ne la connais pas bien, mais tu sais, je crois qu'elle t'aime beaucoup.

— Oui. Je le crois aussi.

— Je ne veux pas qu'elle se sente mal à l'aise ici. Elle peut rester le temps qu'elle voudra, tu le sais bien.

— Non ! fit Matthieu avec une pointe d'agacement. Elle est rassurée. Elle repartira demain. Mais où est Paul ?

— Il a dormi une demi-heure et il est parti malgré la chaleur.

— Il t'a dit où il allait ?

— Relever ses nasses.

— Je vais le rejoindre.

— Avec cette chaleur ?

— Le bras mort est à l'ombre.

— Oui, mais il faut traverser le grand champ.

— Je longerai la haie.

Il sortit, s'aperçut qu'il fuyait. Il s'en voulut mais ne renonça pas malgré le soleil, et se hâta vers l'abri des chênes, des frênes et des acacias, suivant le sentier qui menait vers l'extrémité du bras mort de la rivière. Il trouva la barque attachée à sa place habituelle, mais Paul n'était pas là. Il s'assit contre le tronc d'un aulne et laissa errer ses pensées dans un vague bien-être qui ne dura pas, car la douleur se réveilla bientôt dans sa poitrine. C'est alors que Paul arriva, surgi de nulle part, un panier d'osier à sa main droite.

— J'ai trouvé des girolles, dit-il. Qu'est-ce que tu fais là ?

— Je t'attendais.

— Et ta femme ?

— Elle dort.

Paul descendit sur la barque, s'assit sur la planche qui lui servait d'ordinaire à pagayer, et se mit à nettoyer méticuleusement les champignons orangés, silencieux, tête baissée, appliqué à sa tâche.

— Elle repartira demain, dit Matthieu.

— Elle fera bien comme elle voudra, répondit Paul. Elle ne me dérange pas.

Il ajouta, du bout des lèvres :

— Sauf que j'ai pas trop l'habitude des Parisiennes.

Il se mit à rire et Matthieu, rassuré, se leva, la douleur dans sa poitrine devenant de plus en plus présente.

— Où vas-tu ? demanda Paul.

— J'ai besoin de marcher.

Il s'éloigna, inquiet de ne pouvoir rentrer pour prendre ses cachets sous l'œil d'Odile qui ne manquerait pas de lui poser des questions, et, peut-être, remettrait en cause son départ. Il marcha vers la rivière, n'eut pas la force d'affronter le soleil qui tapait trop fort sur la rive, s'arrêta à l'ombre extrême du petit bois. Là, il s'allongea dans la mousse, entre les fougères, sur le côté, en chien de fusil, et la douleur s'estompa peu à peu, si bien qu'il finit par s'assoupir.

Une heure plus tard, rentrant avec hâte, il trouva Louise et Odile qui devisaient calmement, et, lui sembla-t-il, avec une complicité qui l'étonna. Les girolles en omelette du repas qui suivit firent régner une atmosphère réjouie d'où la maladie paraissait avoir disparu. Même Paul retrouva la parole, pour expliquer à « la Parisienne » la différence qui existait entre les girolles et les cèpes, comment les chercher, et quels étaient les meilleurs moments de l'année pour en trouver.

Dès qu'ils eurent terminé, après de délicieux fromages de chèvre et les restes de la tarte de midi, Louise suggéra à Matthieu :

— Tu devrais aller faire visiter à Odile les alentours. Il fait moins chaud à présent.

— Oui ! fit-elle, avec plaisir.

Matthieu se leva et l'entraîna dans la cour où, aussitôt, elle s'arrêta et demanda en désignant la forge de la main :

— Qu'est-ce que c'est ?

— La forge de Paul.

— Je peux voir ?

— Viens !

Ils entrèrent dans l'antre sombre, et Matthieu montra la vieille enclume, le soufflet, les outils, expliquant comment Paul forgeait les fers.

— Tout est noir ici, dit-elle en frissonnant et en jetant de brefs regards vers la porte d'entrée restée ouverte.

Il n'insista pas et proposa :

— Allons vers la rivière, si tu veux.

— Oh, oui ! La rivière !

Quand ils traversèrent le petit bois, elle saisit sa main, l'arrêta, lui demanda de la prendre dans ses bras. Ils demeurèrent enlacés un long moment, mais il ne put l'étreindre comme elle le souhaitait, craignant de réveiller la douleur dans sa poitrine. Elle se détacha de lui à regret, et ils repartirent dans l'ombre qui fraîchissait à peine malgré l'heure avancée de la journée, puis ils débouchèrent dans le soleil encore haut sur la plage de galets inondée de lumière.

— Comme c'est beau ! dit-elle.

Elle ajouta, avec une sincérité qui toucha Matthieu :

— Elle est magnifique, ta rivière !

— Suis-moi ! dit-il. Il y a de l'ombre, là-bas.

Il la précéda sur quelques mètres, puis il entendit un cri : Odile s'était tordu une cheville sur les galets. Il revint vers elle, demanda :

— Tu t'es fait mal ?

— Non. Ce n'est rien.

Mais il dut la soutenir par un bras jusqu'à l'ombre d'un bouleau et l'aider à s'asseoir. Il massa sa cheville un moment, puis elle l'arrêta de la main :

— Ça va mieux. Merci.

Alors il lui parla de la pêche, des murmures de l'eau, de l'énorme truite manquée par Paul, de la lessive que faisait Louise sur cette plage, il y avait bien longtemps, et elle s'en étonna :

— La lessive ? Ici ? Comment est-ce possible ?

Il tenta d'expliquer les coutumes d'avant les machines à laver, les réfrigérateurs et les lave-vaisselle, mais il s'aperçut qu'elle ne l'écoutait plus, et massait sa cheville endolorie. Une sorte d'amertume le saisit. Il comprit qu'en sa présence il se sentait comme obligé de renier, ou du moins de rejeter ce qu'il y avait eu de meilleur en lui, de plus précieux : ce à quoi, sans doute, il tenait le plus.

— Viens ! dit-il. Rentrons !

Ils retournèrent à la maison en silence, elle appuyée sur lui, tout entière absorbée par son souci de poser le pied au bon endroit, même dans le chemin d'où s'élevaient des parfums délicieux de chèvrefeuille et de menthe sauvage qu'elle ne remarqua même pas.

Quand ils arrivèrent, Paul et Louise étaient assis sur leur banc, comme à leur habitude, et, dès qu'elle fut au courant de ce qui s'était passé, Louise se mit en devoir de préparer un bain de pieds contre les entorses, en disant à Odile :

— Vous verrez, demain vous ne sentirez plus rien !

— J'espère, fit-elle. Il faut que je conduise.

Matthieu s'excusa et prétexta de la fatigue pour passer dans la chambre où il avala rapidement ses cachets pour ne pas inquiéter Odile qui allait dormir près de lui, alors qu'à Paris, depuis son opération, il dormait sur le canapé du salon.

Une heure plus tard, il la sentit se glisser près de lui, et elle murmura :

— Ça va déjà mieux. Je ne sens plus rien.

— Tant mieux ! dit-il dans un demi-sommeil.

Elle se blottit contre lui, ajouta :

— Dors ! Je suis là, près de toi. Ne t'inquiète pas.

Il s'endormit avec la sensation de nager dans une eau menaçante et d'une main tendue sur la rive voisine que, malgré ses efforts répétés, il ne parvenait pas à saisir.

19

Le lendemain, Odile, fidèle à sa parole, partit comme elle l'avait annoncé. Matthieu s'en voulut de ne l'avoir pas retenue et se reprocha cette distance qu'il désirait si fort maintenir entre elle et lui, alors qu'elle n'était, elle, qu'indulgence et compréhension. C'est ce que lui fit observer Louise, assise face à lui, tandis qu'ils écossaient des petits pois, sur la table de la cuisine :

— Tu ne te rends pas compte de ce que ça lui a coûté de partir !

— Bien sûr que si je me rends compte !

— Alors ?

— Alors je me soigne comme je le peux.

Louise soupira et dit tout bas, si bas qu'il l'entendit à peine :

— On ne se soigne pas en faisant souffrir ceux qu'on aime.

— Je n'ai pas choisi d'être malade, fit-il avec une brusquerie qui le surprit lui-même.

Un long silence tomba, qu'ils se reprochèrent l'un et l'autre.

— Je fais comme je peux et je m'accroche à tout ce qui peut m'arrimer du côté de la vie, reprit-il, un ton plus bas.

— Odile en fait partie.

— C'est vrai. Mais elle, je ne l'ai pas perdue.

Ils se turent, et peu à peu Matthieu s'apaisa en sentant l'odeur des cosses vertes qui, une fois écrasées et ouvertes, laissaient couler les pois plus pâles dans l'assiette. Il porta son pouce et son index devenus verts à sa bouche et les suça, provoquant un sourire de Louise.

— Tu agissais de la même manière quand tu étais petit.

— Oui, dit-il, c'est bon.

Louise haussa les épaules, sourit.

— Va te promener avant qu'il fasse trop chaud, dit-elle. Essaye de trouver Paul. Je finirai toute seule : je n'en ai pas pour longtemps.

Et, avant qu'il ne disparaisse, elle ajouta :

— Ne va pas vers les foins !

— Mais non ! Je n'ai pas oublié.

Puis, sur le point de sortir, il demanda :

— Est-ce que tu sais où il est allé ?

— Essaye d'aller vers le Verdier, tu sais, le hameau entre la rivière et la route de Puy-Blanc. Il m'en a parlé il n'y a pas longtemps, et je n'ai pas très bien compris ce qu'il m'en disait.

Matthieu s'en alla en longeant le petit bois, dans la campagne qui s'éveillait doucement, abandonnée à la merveilleuse lumière du jour. Pas une feuille ne bougeait, les champs et les bois ne laissaient pas échapper le moindre soupir, comme si le silence était la seule réponse possible à une sorte de stupéfaction devant tant de paisible beauté. Matthieu se sentait bien, la douleur le laissait tranquille pour le moment, et pourtant, à son réveil, il avait négligé de prendre ses cachets, afin de ne pas alerter Odile.

Il connaissait le hameau du Verdier, car il y avait un copain d'école qu'il retrouvait parfois, le jeudi après-midi, quand il était enfant. C'étaient deux maisons et deux granges, de part et d'autre d'un chemin qui rejoignait la départementale, un kilomètre plus loin. Tout en marchant, il reconnaissait la petite route, aujourd'hui goudronnée, qui conduisait vers le hameau, un chêne vert sur la droite, deux érables sur la gauche, et il eut la sensation bizarre mais heureuse de marcher dans sa vie, en sens inverse, pour la redécouvrir.

Il ne lui fallut pas plus d'un quart d'heure pour atteindre le hameau que d'abord il ne vit pas, car les arbres avaient beaucoup poussé devant les murs, si bien qu'il fut surpris de le voir surgir, là, devant lui, et, aussitôt après : Paul, qui s'activait devant une grange à moitié démolie. Il fut sur le point de l'appeler, mais quelque chose le retint et il s'arrêta derrière un bouquet de saules pour l'observer. Que faisait Paul là, manifestement absorbé dans quelque tâche mystérieuse, alors qu'il n'aidait personne, le hameau étant déserté depuis des années – avait précisé Louise ?

Paul se penchait, se relevait, sans se presser mais avec application, une pierre dans les mains, et Matthieu finit par comprendre : il rebâtissait le mur écroulé de la grange. Pourquoi ? Pour qui ? Cela parut à Matthieu si incongru qu'il faillit sortir de sa cache pour aller lui demander des explications, mais, une nouvelle fois, quelque chose le retint et il se contenta d'apprécier avec quel soin Paul travaillait, utilisant maintenant une truelle pour étaler un peu de ciment sur la pierre qu'il venait de poser. Qu'est-ce que cela pouvait bien signifier ? Pour qui travaillait-il ? Devant ce secret qu'il partageait malgré lui avec Paul, Matthieu eut l'impression que se montrer eût été le trahir. Il observa encore un petit moment le calme et l'assurance avec lesquels Paul montait les pierres l'une après l'autre, puis, sans faire de bruit, il recula et il s'enfuit, comme s'il venait de s'approcher de quelque chose d'inavouable ou de honteux.

Cette sensation l'accompagna jusqu'à la rivière où il demeura un moment sur la plage de galets en s'interrogeant, puis il revint vers la maison, où Louise était en train de mettre à cuire les petits pois.

— Alors ? dit-elle en se retournant brusquement. Tu l'as trouvé ?

Matthieu hésita un instant, mais sa stupéfaction avait été telle qu'il ne put mentir et avoua :

— Oui, je l'ai vu.

— Où était-il ? Au Verdier ?

— Oui.

— Qu'est-ce qu'il fabrique là-bas ? Il n'y a plus personne.

— Je ne sais pas.

— Comment ça, tu ne sais pas ? Tu ne lui as pas parlé ?

— Non.

De stupeur, Louise essuya ses mains à son tablier et vint se planter face à Matthieu en demandant doucement :

— Qu'est-ce qui se passe ?

Et comme Matthieu hésitait à répondre :

— Qu'est-ce qu'il fait ?

— Je crois qu'il rebâtit un mur.

Louise s'assit sur le banc et murmura :

— Il bâtit un mur ?

— Oui. J'ai eu l'impression.

Matthieu vit passer une lueur de détresse dans les yeux de Louise, comme si l'idée que son mari devenait fou venait de la traverser, mais très vite elle se reprit :

— C'est pas la première fois, dit-elle. Je l'ai déjà vu relever les murettes effondrées le long des champs.

Et, comme Matthieu ne comprenait toujours pas :

— C'est une manie qu'il a prise. Je suppose qu'il en a besoin.

Il s'assit face à elle, rassuré à présent, mais ne put s'empêcher de demander :

— Mais pourquoi ?

Louise eut un nouveau sourire, puis un geste vague de la main, et répondit :

— Je suppose que c'est sa manière de se battre.

— Contre qui ? Contre quoi ?

Elle soupira, murmura :

— Contre la disparition du monde qui a été le nôtre.

Puis, avec un sourire plein de tristesse :

— Il résiste, comme il l'a toujours fait.

Un silence s'installa entre eux, tandis qu'elle essuyait furtivement ses paupières.

— C'est ce qu'il a trouvé pour rester en vie, ajouta-t-elle. Jusqu'à présent il remontait quelques murettes, maintenant ce sont de vrais murs.

Elle sourit, reprit :

— Tu sais, au Verdier, il y avait deux familles : les Larribe et les Bonal. Tu te souviens que tu allais jouer avec le fils des premiers ?

— Il s'appelait Jean, dit Matthieu. Sais-tu ce qu'il est devenu ?

— Je crois qu'il vit à Montpellier. Mais il n'est jamais revenu.

— Et ses parents ?

— Le père s'est pendu et la mère est morte de chagrin.

Matthieu hésita, puis demanda tout bas :

— Pourquoi s'est-il pendu ?

— Est-ce que l'on sait pourquoi les gens décident de se pendre ? On a dit qu'il s'était endetté pour acheter du bétail, et qu'il ne pouvait pas rembourser la banque.

Un long silence succéda à ces paroles inquiétantes, puis Matthieu reprit :

— Et les Bonal ?

— Ils avaient une fille plus âgée que toi. Elle s'appelait Dominique, tu te souviens ?

— Pas très bien.

— Elle a fait l'École normale, est devenue institutrice à Cahors. Elle ne s'est jamais mariée et n'a pas eu d'enfants. Alors, quand ils ont arrêté, à soixante-cinq ans, elle les a pris avec elle dans la maison qu'elle avait fait construire – pas loin du pont Valentré, à ce qu'on m'a dit.

Louise eut un geste désabusé des bras, murmura :

— Et au Verdier, il n'y a plus rien.

— Ils pourraient vendre, suggéra Matthieu, ça deviendrait des résidences secondaires.

— Tu sais, fit Louise, les gens ont toujours du mal à vendre des biens de famille. En tout cas ici, chez nous.

— Ils préfèrent les voir tomber en ruine ?

Louise parut réfléchir, répondit en souriant :

— On peut espérer qu'il y aura quelqu'un pour revenir un jour.

À cet instant, la porte s'ouvrit et Paul apparut, surpris de les trouver là, tous les deux, attablés face à face.

— Il y en a qui passent du bon temps, à ce que je vois, dit-il, non sans une certaine contrariété.

— Et ces poissons, où sont-ils ? demanda Louise.

— Rien dans les nasses aujourd'hui.

Paul ajouta aussitôt, manifestement mal à l'aise :

— Je sens qu'il va faire orage. Si on a une bonne pluie après la chaleur qu'il a fait, il peut y avoir une poussée de cèpes précoce, d'autant que la lune va bien.

— Quelle est la bonne lune ? demanda Matthieu en volant à son secours.

— Le premier quartier. Il a commencé ce matin.

Sentant posé sur lui le regard de Louise et de Matthieu, il s'empressa de ressortir en bougonnant :

— J'ai trouvé une de mes nasses percée. Il faut que j'aille la réparer.

Demeurés seuls, Louise et Matthieu gardèrent un moment le silence, puis elle suggéra :

— Ne lui parle pas de ses pierres et de ses murs. Je crois qu'il ne vaut mieux pas.

— Tu as raison, dit Matthieu. Il faut le laisser en paix avec ça.

Il hésita à le rejoindre, afin de ne pas le prendre en flagrant délit de mensonge, mais quand il pénétra dans la forge, Paul était bien en train de réparer une nasse, probablement ramenée la veille, avec du fil de fer. Matthieu en fut soulagé, et demanda en s'asseyant sur un tabouret :

— Tu partiras tôt demain matin, aux champignons ?

— Vers six heures.

— Je te suivrai.

— Alors on prendra ta voiture, et on ira vers Beaulieu. En général, c'est là-bas qu'ils sortent le plus tôt.

— C'est entendu. Mais il faudra que tu me réveilles.

— Je te réveillerai. Mais il ne faudra pas me faire attendre, comme quand tu étais gamin.

— Je te faisais attendre, moi ?

— Impossible de te sortir du lit ! Tu ne te souviens pas ?

— Non.

— Alors c'est que tu as mauvaise mémoire, ou du remords de m'avoir fait lanterner.

Le regard malicieux que lui lança Paul fit sourire Matthieu et il se sentit soulagé de le retrouver familier, différent de celui qu'il avait aperçu au matin, appliqué dans une tâche dont il se refusait à parler, et dans laquelle, pourtant, il s'absorbait tout entier, comme si sa vie en dépendait.

20

Le grondement du tonnerre éveilla Matthieu qui faisait la sieste, mais il resta allongé sur le dos, les yeux grands ouverts, cherchant au plafond les figurines qui étaient jadis dessinées par le plâtre, et il fut satisfait d'en reconnaître une qui, pour lui, représentait un chevalier vainqueur d'un ogre aux bottes de sept lieues des forêts de légende, comme dans ces livres d'enfants dont on se demande où et quand ils ont pu disparaître de nos vies. Cela l'apaisa un peu, car sa cicatrice le démangeait atrocement et il ne cessait de la caresser en vain. Bientôt des cataractes d'eau s'abattirent sur la campagne et il se leva pour entrouvrir la fenêtre, afin de faire pénétrer dans la chambre un peu de fraîcheur. Il se souvint que Louise lui avait appris comment savoir si l'orage était proche ou lointain : il suffit de compter les secondes qui séparent l'éclair du tonnerre. S'ils se succèdent aussitôt, c'est que l'orage se trouve au-dessus de la maison.

Il compta dans sa tête cinq secondes et en conçut un plaisir enfantin, retrouvant en un instant des délicieuses sensations qui le renvoyèrent vers un temps où même la menace de l'orage ne l'effrayait jamais. Cette époque de sa vie d'où la peur était absente lui fit brusquement songer que depuis deux jours il pensait à sa maladie, à son opération, à la douleur, mais il ne pensait plus à la mort. Elle demeurait lointaine, étrangère à son esprit, maintenue à distance par ce refuge soigneusement gardé par Louise et par Paul, mais pas seulement : le temps passé et le présent demeuraient étanches, et lorsqu'il s'enfouissait corps et âme dans le premier, tout ce qui appartenait au second s'évanouissait. C'était comme s'il devenait inatteignable, inaccessible, protégé à jamais.

La sonnerie du téléphone le tira brutalement de ces pensées heureuses. C'était Odile, qui se disait rassurée par son bref voyage, affirmait une nouvelle fois qu'il avait eu raison d'aller se réfugier chez Louise et Paul.

— Je sais qu'ils t'aident mieux que moi, ajouta-t-elle. J'ai compris beaucoup de choses, Matthieu, même en peu de temps, et notamment que tout donner n'est pas forcément suffisant. Surtout dans les périodes de la vie où l'on se sent en danger. Ne t'inquiète pas : prends le temps qu'il te faut. L'essentiel est que tu te sentes bien et que tu guérisses définitivement...

Il la remercia, en se sentant encore une fois coupable devant cette compréhension et cette générosité qu'elle manifestait aujourd'hui dans des circonstances qui auraient pu, au contraire, les lui faire oublier. Odile lui demanda de remercier Paul et Louise pour leur hospitalité puis elle raccrocha, le laissant seul avec la pensée de cette générosité dont il n'était pas toujours digne, et il songea à leur projet d'adoption en essayant de se persuader qu'il fallait le mener à terme. Elle méritait ce cadeau de la vie, même si la tumeur aux poumons d'un futur père le rendait peu raisonnable et périlleux.

Il ne put s'appesantir sur ce dilemme, car le tonnerre s'ébranla au-dessus de la maison, et Matthieu se leva en ayant l'impression que la foudre était tombée tout près. Effectivement Louise était accourue à la fenêtre, affolée, cherchant où pouvait se trouver Paul sous ce déluge.

— Il n'est pas sorti, tout de même ? s'inquiéta Matthieu.

— Bien sûr que si ! Il m'a dit qu'il allait dans la forge, mais comment savoir avec lui ?

— Attends ! Je vais voir ! dit Matthieu.

Il n'en eut pas le temps, car déjà Louise se précipitait à l'extérieur, un tablier sur la tête, et courait vers la forge où elle disparut quelques instants avant de réapparaître, en faisant un geste négatif de la tête. Matthieu lui cria de rentrer, mais elle ne l'écouta pas et s'élança pour traverser la cour, tandis qu'un éclair illuminait le ciel en même temps que le tonnerre s'ébranlait, faisant trembler les vitres de la maison. Matthieu eut peur qu'elle ait été frappée, mais il la vit ressurgir derrière le portail en direction du jardin, et il se sentit submergé d'émotion à l'idée que Louise bravait tous les dangers pour chercher son mari sous l'orage. Rien n'était vain, ici, ou dénué de sens : une femme de plus de soixante-dix ans pouvait courir sous les éclairs pour rejoindre l'homme qu'elle aimait depuis toujours. Mais à qui pouvait-on révéler une pareille évidence sans paraître ridicule aujourd'hui ? se demanda-t-il, avec amertume. Il haussa les épaules, s'élança lui aussi tête nue dans la cour, fut transpercé par les flèches tièdes de l'eau du ciel en quelques secondes, mais il n'eut pas à aller bien loin, car Louise l'appela et Paul apparut à ses côtés à la porte de la cabane du jardin.

Il courut vers eux et ils s'effacèrent pour le laisser entrer à l'abri, tandis que Paul s'insurgeait :

— Tu es aussi fou qu'elle ! Vous me prenez pour un gosse ou quoi ?

— On se demandait où tu étais, plaida Louise.

— Et où tu voulais que je sois ? Dehors ? Pour prendre la foudre ? J'ai pas cinq ans tout de même !

Il feignait d'être en colère, mais il ne l'était pas. Au contraire, il était ravi d'entendre les cataractes de pluie s'abattre sur le toit de tôle et surtout sur le jardin qui avait besoin d'eau.

— On n'aura pas à arroser ce soir, dit-il en souriant.

Ils étaient là, tous les trois, serrés l'un contre l'autre, soudain plus proches qu'ils ne l'avaient peut-être jamais été.

— Tu n'as pas froid ? demanda Louise à Matthieu.

— Non. L'eau est tiède.

— Il ne faudrait pas que tu attrapes une bronchite.

— Mais non, ça va.

Il se sentait formidablement bien, dans cet abri de fortune, entre Paul et Louise, et il se surprit à souhaiter que la pluie ne s'arrête jamais. Mais elle finit par s'infiltrer entre deux tôles mal jointes et ils durent se serrer encore davantage, ce qui fit sourire Louise, qui demanda :

— Ça ne te rappelle rien ?

— Non, répondit Paul. Pourquoi ?

Et Louise, s'adressant à Matthieu :

— C'est dans une grange, sous un orage, qu'on s'est rencontrés pour la première fois.

— Qu'est-ce que tu vas raconter là ! s'indigna Paul en haussant les épaules.

Et il ajouta, se tournant de côté :

— Tu crois que ça intéresse quelqu'un ?

— Moi, ça m'intéresse, dit Matthieu.

— Des histoires de plus de cinquante ans ! maugréa Paul.

— Et alors, fit Louise, c'est une raison pour les oublier ?

Elle sourit, se mit à raconter sous le regard furibond de Paul comment, à seize ans, un jour où elle gardait les vaches dans un pré sur la route de Bayac, un violent orage avait éclaté et comment elle avait dû se réfugier dans une grange.

— Je suis sûre qu'il me guettait, insinua-t-elle. Il est arrivé pas plus de trois minutes après moi.

— Je passais sur la route ! précisa Paul. J'allais faire réparer une roue de vélo au village.

— Je ne me souviens pas d'avoir vu une roue ! s'exclama Louise.

— Je l'avais laissée au bord de la route pour courir plus vite, fit Paul, de plus en plus excédé.

— Et alors ? dit Matthieu.

— Et alors ce grand ballot ne m'a pas dit un mot.

— Et qu'est-ce que tu voulais que je te dise ? se défendit Paul. Qu'il pleuvait ?

— Par contre, reprit Louise, je peux te dire qu'ensuite, il a crevé souvent.

— Bon, ça suffit ! s'insurgea Paul. Je vais chercher un parapluie !

Et il s'élança vers la maison avant que Matthieu ou Louise ne puissent esquisser un geste pour le retenir. Alors Louise se mit à rire si sincèrement, si ingénument que des larmes lui vinrent aux yeux et qu'elle se pencha vers Matthieu jusqu'à poser sa tête contre sa poitrine en murmurant :

— Ah, cet homme !

Et subitement, dans une sorte de sanglot étouffé :

— Qu'est-ce que je deviendrais sans lui ?

Matthieu la serra contre lui et il s'aperçut avec satisfaction que son geste ne réveillait aucune douleur. Louise demeura ainsi blottie, apaisée, jusqu'à ce que Paul revienne et les abrite l'un après l'autre pour regagner la maison. Mais il n'y resta pas et il se réfugia dans la forge, apparemment encore furieux des révélations de Louise, qui dit à Matthieu dès qu'il revint de la salle de bains où il était allé se sécher les cheveux :

— Il a toujours été comme ça : il n'aime pas que je parle de nous.

— C'est pourtant peu de chose, fit Matthieu. Tu pourrais peut-être m'en dire un peu plus, puisqu'il n'est pas là.

Louise sourit et désigna une chaise face à elle en disant :

— Assieds-toi, si tu veux.

— Alors ? fit Matthieu, impatient.

— Alors il est revenu souvent dans ce pré, me rejoindre. Mais il ne me disait rien. Il ne parlait pas. Moi, je n'avais que seize ans, mais je me doutais bien que je lui plaisais. On restait là, comme ça, l'un à côté de l'autre, jusqu'au jour où je lui ai demandé :

« Qu'est-ce que tu veux, pour venir là, comme ça, sans jamais dire un mot ? »

Alors il m'a répondu :

« Tu le sais aussi bien que moi ce que je veux.

— Et pourquoi tu le demandes pas ?

— J'ai pas l'habitude de demander. »

C'est vrai qu'il avait été placé à douze ans sur le causse là-haut, chez un forgeron dans le village qu'on aperçoit de la rivière, et la vie n'était pas facile pour lui. Mais comme ses patrons étaient âgés, qu'ils se déplaçaient difficilement, c'était lui qu'ils envoyaient faire les courses au village, en bas, dans la vallée, et c'est comme ça qu'il pouvait s'arrêter pour me parler.

— Et ses parents à lui ? demanda Matthieu.

— Ils tenaient une petite auberge sur la route de Queyrac, mais son père est mort quand Paul avait cinq ans, et ils étaient quatre enfants. C'est le frère aîné qui a pris la suite auprès de la mère. Paul était le dernier. Il a fallu qu'il s'en aille.

Louise soupira, puis ajouta, plus bas :

— Ce frère aîné, qui s'appelait François, a été tué par les Allemands au pont de Bretenoux quand la division Das Reich est remontée vers la Normandie en juin 1944.

— Et les autres enfants ?

— Deux filles.

— Qu'est-ce qu'elles sont devenues ?

— La plus âgée est restée avec la mère mais elles sont mortes toutes les deux après avoir vendu l'auberge – ou ce qu'il en restait. L'autre est partie à Paris et on n'a jamais eu de nouvelles.

— Le village où il a appris le métier de forgeron s'appelle comment ?

— C'est celui qu'on aperçoit depuis la rivière, planté sur l'épaule de la colline : Magnane.

Matthieu demeura un moment silencieux devant Louise qui semblait rêver, puis il demanda :

— Et toi ?

— Oh ! Moi, c'est plus simple : mes parents possédaient une petite propriété et j'étais fille unique. Alors quand on s'est mariés, comme ils travaillaient encore, ils m'ont aidée à acheter cette petite maison, Paul a bâti la forge de ses mains et moi je me suis installée comme sage-femme après avoir étudié une année à Toulouse – c'était pendant la guerre et Paul était entré dans la Résistance.

Louise sourit, ajouta :

— Tu vois, c'est une vie simple comme un bonjour.

— Justement, dit Matthieu, pourquoi ne m'en avoir jamais parlé ?

— Tu sais bien, je te l'ai déjà expliqué. Après la guerre, les choses se sont vite gâtées : les chevaux ont disparu peu à peu et les femmes se sont mises à accoucher de plus en plus dans les maternités.

Elle soupira de nouveau :

— On n'avait guère envie de parler... On se battait.

L'orage s'éloignait, roulant au loin ses énormes tambours en suivant la rivière, et la pluie diminuait de vigueur, laissant même apparaître un rayon de soleil. Louise ouvrit la porte et s'arrêta sur le seuil en disant :

— Je crois que c'est fini pour aujourd'hui.

Matthieu la rejoignit, et ils restèrent un moment à écouter la terre boire l'eau du ciel avec des soupirs et des chuchotements. Tout semblait avoir reverdi, tout semblait neuf, comme au premier matin du monde.

— Viens ! dit Louise. Il doit être au jardin.

Effectivement, Paul s'évertuait à creuser entre les allées des petites excavations destinées à retenir l'eau au pied des légumes. Louise se mit en devoir de l'aider et Matthieu prit aussi une pioche afin de ne pas se sentir inutile. De temps en temps il relevait la tête pour regarder les arbres qui étincelaient sous les premiers rayons du soleil vite revenu, l'odeur de la terre ameublie montait jusqu'à lui, il se sentait « ajusté » à ce monde peut-être comme il ne l'avait jamais été, et pas la moindre crainte ne venait le tourmenter, au contraire : il respirait mieux, sa poitrine s'ouvrait avec confiance, lui semblait-il, à l'air chargé d'oxygène, délicieusement frais, qui circulait dans le jardin remis à neuf.

Ils travaillèrent ainsi jusqu'au repas du soir, puis ils s'assirent comme à leur habitude sur le banc pour profiter des dernières heures du jour. Le soir de juin n'était pas tout à fait le même : il était plein d'échos sonores, de frémissements de feuilles, d'étranges murmures et de soupirs, mais on le devinait plus fort, revigoré par la pluie, capable de repousser la venue de la nuit encore plus longtemps que d'habitude. Et ce n'est qu'au moment où les étoiles finirent par s'allumer, comme à regret, que Paul murmura tout bas, pour ne pas troubler la paix qui régnait sur cette vallée :

— Demain, six heures !

— Six heures ? fit mine de s'indigner Matthieu.

— Je te réveillerai.

Louise tenta de protester, mais en vain.

— Cette nuit on dormira bien, conclut Paul. On pourra se lever de bonne heure.

Tout était dit. Il n'y avait pas à discuter. Après une brève toilette, Matthieu regagna sa chambre où, toutes fenêtres ouvertes, il s'endormit en un instant, comme parfois les enfants au milieu d'une phrase.

21

Le lendemain, ils partirent à six heures et demie, après avoir déjeuné face à face dans la cuisine, sans un mot. Des flaques de nuit croupissaient encore le long de la route qui montait, passé la départementale de Bayac, vers les premiers contreforts du Massif central. Mais une faille claire était ouverte là-haut, entre la ligne noire des grands bois et le ciel, et le jour se répandait sur les collines comme une eau de fontaine qui déborde d'une vasque trop pleine.

Ils s'arrêtèrent au sommet et Matthieu gara la voiture dans un chemin, sous une voûte de feuilles de charmes.

Paul, qui avait emporté deux paniers, en donna un à Matthieu en disant :

— T'es venu les mains vides comme un Parisien.

— Je comptais sur toi. Je t'ai vu les mettre dans le coffre de ma voiture pendant que je finissais de déjeuner.

Paul ne releva pas et il montra le flanc de forêt couvert de châtaigniers et de pins en expliquant :

— C'est ce coin le meilleur. Il faut monter légèrement de biais, sans se presser, et bien regarder entre les fougères.

Et, comme Matthieu acquiesçait de la tête :

— De temps en temps je sifflerai. J'ai pas envie de te perdre comme quand t'avais sept ans.

— Je me suis perdu, moi ?

— Plutôt deux fois qu'une.

Paul ajouta :

— Et méfie-toi : ils ont le chapeau clair, presque beige, et non pas noir comme sous les chênes.

— Mais oui, dit Matthieu, je sais.

— Tu sais rien du tout ! Tu as tout oublié depuis si longtemps.

— Mais non !

— Allez ! On y va !

Ils entrèrent dans le bois que la pluie de la veille avait ameubli, et qui dégageait cette odeur si délicieusement pénétrante d'humus et de feuilles humides qui renvoya tout de suite Matthieu vers les équipées des jeudis enchantés, près de Paul et Louise, quand les pousses d'automne les faisaient se précipiter dans le bois chaque matin. Il s'arrêta, ferma les yeux, inspira si profondément qu'il se mit à tousser et porta la main vers sa poitrine, craignant que la douleur tant redoutée ne se réveille, mais elle le laissa en paix.

Rassuré, il se remit en marche, mais pas le moindre cèpe n'attira son attention, et pourtant il soulevait précautionneusement les fougères avec son bâton, s'attardait, souhaitant montrer à Paul qu'il était capable de réussir une aussi bonne cueillette que lui. Il dénicha quelques pleurotes qu'il négligea de cueillir, puis des mousserons qu'il ramassa, mais pas un cèpe.

Déçu, il fit en sorte de se rapprocher de Paul, il l'appela, mais celui-ci ne répondit pas, et Matthieu pensa que ce silence signifiait qu'il trouvait des champignons et voulait rester seul. Il continua dans la direction indiquée par Paul depuis l'orée du bois, découvrit une demi-douzaine de girolles, mais aucun bolet ne vint lui faire la fabuleuse surprise qui, jadis, le laissait tremblant sur ses jambes, à l'instant où il apercevait un nid de champignons au chapeau brun et se dirigeait vers eux à pas feutrés, comme s'ils menaçaient de s'enfuir à son approche.

Dépité, il continua à monter en appelant Paul de temps en temps, tout en se demandant à quel jeu il jouait. Puis, au bout d'une heure, il l'entendit siffler un peu plus bas que lui, alors qu'il le croyait au-dessus. Il le rejoignit, se sentit soulagé dès que celui-ci lui montra son panier où se trouvaient seulement quelques girolles.

— Viens ! dit Paul. On redescend.

Il leur fallut un quart d'heure pour regagner le vallon étroit qui séparait deux collines et leurs bois. Mais, à l'instant où Matthieu crut qu'ils allaient s'engager sous les couverts d'en face, Paul s'assit brusquement sous un arbre magnifique, à l'opulente ramure d'un vert sombre, au tronc épais, qui semblait régner sur les alentours. Matthieu s'assit également, pas fâché de se reposer un moment, et demanda :

— Qu'est-ce que c'est, cet arbre ?

— Un sycomore, répondit Paul. Un érable géant, si tu préfères. Il y en a peu ici, mais celui-là je le connais depuis longtemps.

Matthieu leva la tête et constata qu'il devait mesurer plus de vingt-cinq mètres de haut.

— C'est pour me faire voir cet arbre que tu m'as amené ici, ou pour chercher des champignons ?

Paul eut un sourire plein d'une indulgence amusée, puis il répondit :

— Tu crois qu'un seul orage comme celui d'hier peut provoquer une pousse de cèpes en juin ? T'es bien un Parisien ! Il leur faut beaucoup plus d'eau que ça, tu sais !

Décontenancé, Matthieu se demanda quelle arrière-pensée avait incité Paul à l'attirer jusqu'ici, mais celui-ci gardait le silence, comme s'il était gêné, soudain, et ne se décidait pas à parler.

— Alors, fit Matthieu, tu as quelque chose à me dire ?

— Non... Enfin, c'est-à-dire : oui, mais c'est pas facile. C'est au sujet de Louise.

— Qu'est-ce qu'elle a, Louise ? demanda Matthieu, brusquement alerté. Elle est malade ?

— Non ! Enfin... je crois pas.

Paul avait pris un air dur, comme s'il en voulait à quelqu'un, ou peut-être à lui-même.

— Je voulais te demander quelque chose.

— Je t'écoute.

— C'est pas dans mes habitudes de demander.

— Tu sais bien que tu peux tout me dire.

— Oui, bien sûr... Alors voilà : je voudrais que tu fasses une promesse...

— Si je peux, dit Matthieu, ce sera avec plaisir.

Paul hésita encore un moment, puis, d'une voix grave, en regardant le bois, de l'autre côté du vallon :

— Je voudrais que tu me promettes, s'il m'arrivait quelque chose, de ne pas laisser Louise seule.

Il ajouta aussitôt, levant sa main droite, comme pour balayer une objection :

— À mon âge, ça peut m'arriver du jour au lendemain. Et je ne veux pas qu'elle reste seule.

— Elle ne sera pas seule, elle a une fille : ma mère.

— Oui, mais ta mère ne reviendra jamais ici. Elle est habituée à Paris maintenant.

— Moi aussi, dit Matthieu doucement, je travaille à Paris.

— Oui, oui, je sais, mais j'avais pensé que peut-être tu pourrais revenir.

Paul ajouta, avec une conviction émouvante :

— Il n'y a qu'ici que tu guériras vraiment, tu le sais bien.

Et, avant que Matthieu n'ait le temps de prononcer un mot :

— Je l'ai jamais laissée seule, sauf pendant la guerre, quand j'ai été obligé. Mais je me suis évadé pour revenir plus vite.

— Et tu es aussitôt rentré dans la Résistance, observa Matthieu.

— J'étais pas loin, sur le causse de Gramat, et je revenais de temps en temps la nuit.

— Je croyais que tu étais allé jusqu'en Allemagne à la fin de l'année 1944.

Paul hésita, baissa la tête, puis il murmura :

— Oui, c'est vrai. Je m'étais juré de leur faire payer ce qu'ils nous avaient fait.

— Et Louise était seule.

— Non ! Ta mère était née. Et Louise avait encore ses parents pour l'aider.

— Tu aurais pu y rester, là-bas.

— Au maquis, on s'était fait la promesse d'aller jusqu'à Berlin, afin que les Allemands ne mettent plus jamais les pieds chez nous.

Paul soupira, avant d'avouer d'une voix à peine audible :

— C'est la seule chose que je regrette de ma vie.

Et, levant les yeux vers Matthieu d'un air accablé :

— Là-bas, c'était pas beau à voir.

Il s'arrêta un instant, reprit :

— Ils étaient plus jeunes que nous. Tu comprends, à la fin, en 1945, ils avaient quinze ou seize ans... J'ai tiré, comme les autres.

Paul étendit ses mains devant lui, grandes ouvertes, poursuivit :

— Je me le suis jamais pardonné...

Ils demeurèrent un long moment sans parler, puis Matthieu fit doucement :

— Tu as cru que c'était ton devoir.

— C'est vrai, mais pourquoi j'ai dû tuer des Allemands alors que pas plus tard qu'hier, sur la place de Bayac, j'ai vu une Mercedes arrêtée devant le monument aux morts ?

— Tu as combattu les nazis, pas les Allemands.

— On voyait pas bien la différence, tu sais, à l'époque.

— On est en 1997, Paul. Le temps a passé.

— Pas pour moi. Je vois toujours le petit blond qui avait à peine la force de tenir son fusil et qui est mort à mes pieds... Il en a fallu des coups de marteau sur mon enclume pour me faire passer ce mal qui m'a rongé.

Il soupira, ajouta :

— C'était pas sur l'enclume que je frappais, c'était sur moi.

De nouveau un silence les sépara un long moment, puis Matthieu murmura :

— Tu me parlais de Louise.

— Oui, fit Paul, en s'ébrouant brusquement.

— Tu voulais me faire promettre de revenir et de veiller sur elle.

— Oui, voilà !

— Je ne peux pas, Paul.

— Et pourquoi ?

— Pour deux raisons : la première c'est que c'est moi qui suis malade et pas toi ; la deuxième, comme je te l'ai déjà dit, c'est que mon travail est à Paris, et que je ne peux pas le quitter comme ça.

Paul se dressa à demi et répéta :

— Il n'y a qu'ici que tu guériras, je le sais.

— Depuis que je suis là, vous n'avez pas arrêté de me dire que j'étais guéri.

— Oui, c'est vrai.

— Alors ?

— Ailleurs, tu n'es pas heureux.

Matthieu ne répondit pas. Cette évidence était longtemps demeurée secrète en lui, repoussée, niée, comme chez des milliers de gens qui menaient une existence qu'ils n'avaient pas choisie ; mais qui, précisément, pouvait se vanter aujourd'hui d'avoir choisi sa vie ? C'étaient des lois économiques qui gouvernaient les hommes, qui décidaient de leur destin, de leur lieu de travail, et ils étaient peu nombreux, ceux qui pouvaient s'y opposer.

Matthieu eut un mouvement d'humeur, comme chaque fois qu'il pensait à cette fatalité, et il préféra changer de sujet en disant :

— Nous serons deux à veiller sur Louise : ma mère et moi. Je te le promets.

Paul n'insista pas. Il paraissait satisfait, soudain, comme s'il était persuadé d'avoir semé une graine qui ne cesserait de grandir, et il se leva brusquement en disant :

— On va quand même chercher un peu plus loin, dans l'autre bois. On sait jamais. Il est exposé au sud et non pas au nord. La terre doit y être plus meuble.

Et, sans se préoccuper de Matthieu, il prit le chemin qui conduisait jusqu'à un bosquet d'acacias, où seulement, il se retourna.

— Les châtaigniers sont sur la gauche, en haut. De là, il faudra redescendre dans le creux où il y a un petit ruisseau.

Matthieu ne répondit pas mais emboîta le pas à Paul sur une trentaine de mètres avant de s'écarter, pour chercher seul. Il lui en voulait un peu de ces vérités qu'il n'hésitait pas à exhumer et en même temps il se sentait touché par cet attachement viscéral, extraordinairement attentif, qu'il manifestait pour Louise. Pour elle seule, il était capable de fendre l'armure, de se livrer tel qu'il était vraiment : capable d'un amour fou mais silencieux, farouche, et prêt à tout pour le défendre. Sa seule faille, sans doute, mais aussi le levain de sa force, celle dont il usait depuis toujours afin de la protéger, la garder vivante près de lui. Comment en vouloir à un homme pareil, qui combattait à mains nues le déclin du monde dans lequel il vivait mais aussi le déclin que l'âge lui infligeait ?

Matthieu eut envie de se rapprocher de lui, de promettre tout ce qu'il voulait, mais il ne le fit pas, car la douleur, depuis un moment, se réveillait dans sa poitrine. Dès lors, il n'eut plus qu'une hâte : rentrer et surtout ne pas montrer à Paul qu'il souffrait. L'absence de cèpes lui permit de basculer plus vite vers le vallon, où, avait dit Paul, se trouvait un ruisseau. Il s'allongea sur la mousse de la berge et n'eut pas à attendre longtemps : le panier vide, Paul surgit tout à coup en demandant :

— Rien trouvé ?

— Non ! Tu avais raison, c'est trop tôt.

— Bon ! C'est pas la peine d'insister. On va repartir.

Puis, d'un air malicieux :

— Si je t'ai fait passer ici, c'est à cause du ruisseau. Il était plein d'écrevisses. Tu te souviens comment on les pêchait la nuit ?

— Bien sûr.

Paul s'arrêta, fit face à Matthieu avec des éclairs de joie enfantine dans les yeux.

— Rien n'est meilleur que de pêcher la nuit.

Il ajouta, soudain pressé par cette envie puisée dans ses plus beaux souvenirs :

— On ira poser des filets. Pas la nuit prochaine, parce qu'il faut réparer le matériel, mais la suivante.

— Et tu crois que Louise sera d'accord ?

— Elle adore le poisson. Avec les filets, on peut prendre des truites, des sandres, des perches et des barbeaux.

On aurait dit un gamin de dix ans à qui on a donné le cadeau qu'il espérait.

— Tu comprends, avant on pouvait pêcher quand on voulait, personne ne contrôlait, mais depuis quelques années il faut un lot de pêche et une licence. Alors on est bien obligés de se débrouiller.

Ils mirent un quart d'heure avant de retrouver la voiture, au grand soulagement de Matthieu qui souffrait de plus en plus.

— On ira fermer l'anse en amont du bras mort où se trouve ma barque.

Et, comme Matthieu ne répondait pas :

— T'as pas peur des gendarmes, tout de même ?

— Mais non ! C'est de Louise que j'ai peur.

— T'inquiète pas. J'en fais mon affaire.

Tout en conduisant le plus vite possible, Matthieu regrettait de ne pas avoir évoqué avec Paul ces murs qu'il rebâtissait. Ç'aurait été sans doute le moment. Et puis seule la douleur qui enserrait sa poitrine occupa son esprit, mais il parvint à la dissimuler, car il avait appris à le faire. Cependant, une fois arrivés, il laissa à Paul le soin d'expliquer à Louise l'absence de champignons et il se précipita dans la chambre où il avala deux cachets, avant de lutter contre la toux qui, elle aussi, venait de se réveiller en avivant la sensation de déchirure qu'il redoutait tant.

22

— Je suis sûre que tu as pris froid hier sous la pluie, dit Louise en le voyant seulement réapparaître pour le repas, un peu après midi.

Elle ajouta, jetant vers Paul déjà assis à table un regard furibond :

— Ou alors ce matin, de si bonne heure, pour aller soi-disant aux champignons. Qu'est-ce que vous avez bien pu manigancer pendant tout ce temps ?

— On a cherché, dit Paul, mais c'est trop tôt.

Elle haussa les épaules, ne répondit pas.

— Par contre, je sais où sont retranchés les sandres dans la rivière.

Elle s'arrêta, prise d'un soupçon soudain, et s'exclama :

— Tu ne vas pas poser des filets ?

— La nuit tous les chats sont gris, dit Paul.

Elle se tourna vers Matthieu, indignée :

— Tu ne vas pas me dire que tu es d'accord avec lui !

Matthieu ne répondit pas mais sourit. Depuis que Paul lui avait parlé d'une pêche de nuit, il se rappelait celles, très rares mais ô combien merveilleuses, en sa compagnie sur la rivière. Et une envie irrésistible de revivre ces nuits secrètes et peuplées de mystères était née en lui, l'habitait maintenant au point de prendre son parti, à la grande fureur de Louise qui menaça, se tournant vers Paul :

— Il tousse de nouveau. Et tu veux l'emmener la nuit pour lui faire attraper une bronchite ou une pneumonie !

— Il fait chaud aujourd'hui. L'orage n'a eu aucun effet. En cette saison, la chaleur ne tombe pas avant deux heures du matin.

— Et les gendarmes ? fit Louise, comprenant qu'elle avait déjà perdu la partie.

— Ils surveillent les routes toute la journée, les gendarmes, et le soir ils sont fatigués, comme tout le monde.

De nouveau Louise s'adressa à Matthieu pour tenter de le convaincre :

— Qu'est-ce que tu faisais dans la chambre, avant le repas ? Tu étais épuisé. Je l'ai bien vu quand tu es revenu.

— J'avais oublié de prendre mes médicaments, dit Matthieu.

Louise feignit un dernier sursaut de colère, avant de capituler en soupirant :

— Vous pourrez dire que vous m'en aurez fait voir, tous les deux !

— Tu sais bien que tu aimes les sandres autant que les truites, dit Paul.

Un regard terrible mit fin à cet échange au cours duquel tous les trois s'étaient retrouvés à l'époque où Paul entraînait Matthieu, enfant, dans ses équipées clandestines, et tous trois, en réalité, en avaient conçu un plaisir soigneusement dissimulé. Même Louise, qui se força à garder le silence tout au long du repas pour ne pas se trahir. Aussi, ce fut seulement quand ils eurent terminé qu'elle demanda à Matthieu, d'un air détaché, mais qui éveilla leur curiosité :

— Tu pourras me conduire vers six heures, quand il fera moins chaud ? J'ai une course à faire.

— Où veux-tu aller ? demanda Paul aussitôt.

Elle laissa passer quelques secondes et répondit, en le regardant droit dans les yeux :

— À la pêche.

Il haussa les épaules, n'insista pas et sortit pour aller s'affairer dans la forge tandis que Matthieu, à son tour, hésitait à la questionner. Il y renonça lui aussi, et revint s'allonger dans sa chambre, soulagé de sentir la douleur diminuer, mais c'était sa cicatrice, à présent, qui le démangeait atrocement. Il se releva, alla mouiller une serviette et l'appliqua sur la plaie, ce qui l'apaisa un peu, et, comme il s'était levé tôt, il finit par sombrer dans le sommeil.

Une quinte de toux le réveilla une heure plus tard, et il dut s'asseoir pour la maîtriser, non sans ressentir la douleur qu'il connaissait bien. Il l'apprivoisa en respirant à petits coups rapides, en avalant le moins d'air possible, comme les chiens qui halètent pour s'accommoder de la chaleur. Puis, quand elle s'estompa légèrement, il se leva et passa dans la cuisine pour questionner Louise mais elle ne s'y trouvait pas. La maison était déserte. Il s'assit dans un fauteuil face à la cheminée, et appela Odile pour la rassurer en quelques minutes : tout allait bien, il ne souffrait pas, il rentrerait dans quelques jours. Comme à son habitude, elle accepta de croire ces demi-vérités et lui recommanda de bien prendre soin de lui, fidèle à ce qu'elle était depuis toujours : une sentinelle aimante et précieuse sur qui il avait pu compter sans qu'elle ne le trahisse jamais.

Ensuite il voulut sortir, mais dès qu'il ouvrit la porte, il eut l'impression d'entrer dans un four et il fit demi-tour, refermant hâtivement derrière lui. Louise apparut quelques minutes plus tard, demandant aussitôt :

— Tu es déjà levé ? Tu aurais pu dormir un peu plus.

— Où est Paul ? fit Matthieu sans répondre.

— Il m'a dit qu'il allait bricoler à la forge.

Au lieu de venir s'asseoir près de Matthieu, elle passa dans la cuisine et y resta, feignant d'y être occupée. Il comprit qu'en réalité elle fuyait les questions qu'il n'allait pas manquer de lui poser. Ce fut donc lui qui la rejoignit et la questionna, bien qu'elle gardât le dos tourné en nettoyant la cuisinière :

— Tu peux me dire, maintenant, où tu veux aller ?

— Il fait trop chaud encore, on a le temps.

— Ça n'empêche pas.

Elle laissa passer un moment avant de murmurer :

— Au cimetière.

Matthieu en resta muet de surprise, au point qu'elle se retourna brusquement :

— Si tu ne veux pas me conduire, j'irai toute seule, fit-elle, apparemment contrariée.

Elle ajouta, un ton plus bas :

— Mais j'aurais bien aimé que tu m'accompagnes.

Il s'approcha d'elle, enserra ses épaules du bras en disant :

— Viens !

Elle le suivit dans la salle à manger et ils s'assirent côte à côte face à la cheminée où ils restèrent silencieux un long moment, avant qu'elle ne se décide à parler :

— Je ne sais pas comment t'expliquer.

— Alors ne m'explique rien. Je t'emmènerai comme tu le souhaites, quand tu voudras.

Louise soupira, puis :

— Je crois que j'ai besoin de te voir une fois au moins devant sa tombe.

Elle soupira une nouvelle fois, reprit :

— Me persuader que c'est en toi qu'il est vivant, et non pas enfoui dans la terre.

— Oui, fit Matthieu, je comprends.

Elle poursuivit, comme si elle ne l'avait pas entendu :

— Et après je pourrai oublier vraiment.

Elle eut un petit rire, vite étouffé :

— C'est un peu bête comme idée, mais j'ai l'impression qu'après je souffrirai moins.

Elle ajouta, d'une voix presque inaudible :

— Parce que tu sais, pour une femme, perdre un enfant c'est un peu perdre la meilleure part d'elle-même. Alors elle essaye de le retrouver quelque part, ou dans quelqu'un, si possible... Pour moi, ça a été toi.

— Oui, je comprends, répéta Matthieu.

Elle se leva brusquement, passa dans la cuisine et revint avec des haricots verts qu'elle posa sur la table en disant :

— Tiens ! Aide-moi plutôt, ça m'empêchera de dire des bêtises.

Matthieu la rejoignit en disant :

— Ce ne sont pas des bêtises, Louise.

Elle ne répondit pas et se mit à ébouter les haricots verts avec une sorte de sourire sur ses lèvres mi-closes. Matthieu respecta son silence en l'aidant, retrouvant ces gestes qu'il avait oubliés, mais qui renaissaient d'eux-mêmes, éclos d'une mémoire ancienne mais parfaitement sûre : ne pas casser entièrement les pointes mais les étirer le long du légume pour détacher les fils.

Ils s'occupèrent ainsi pendant plus d'une heure, et Matthieu songea que la blessure de Louise demeurait beaucoup plus profonde qu'il ne l'avait imaginé. Pour la première fois depuis qu'il était arrivé, il pensa à la mort, mais cela ne dura pas : il y avait peu de place pour elle, ici, dans cette salle à manger qui sentait si bon le quotidien de la vie.

— Je vais voir où est Paul, dit Louise brusquement, comme si elle se rendait compte soudain de son absence.

Elle revint deux minutes plus tard en feignant de se désoler :

— Il n'est plus dans la forge. Où a-t-il bien pu aller avec cette chaleur ?

— À la rivière, dit Matthieu. Ne t'inquiète pas : le bras mort est à l'ombre.

Puis Louise alla faire un brin de toilette, Matthieu également, et ce fut l'heure de partir. Il faisait chaud encore, mais on devinait que le soleil allait basculer de l'autre côté des collines.

Sur la route de Bayac, rien ne bougeait, tout était pétrifié, pas un oiseau ne volait, les bêtes ruminaient à l'ombre des haies leurs rêves d'abreuvoir. Matthieu se demanda pourquoi Louise avait tenu à se rendre au cimetière à cette heure-là, encore très chaude, puis il se dit que c'était seulement pour contrarier Paul, après leur échange au sujet de la pêche de nuit. Il songea aussi que le matin elle était occupée à ramasser ses herbes et à faire la cuisine. Assise près de lui, elle ne parlait pas et, comme il la sentait tendue, Matthieu aurait voulu la rassurer, mais les mots le fuyaient. Passé la départementale, il prit la direction de l'église aux briques rouges plantée à flanc de colline, et il s'arrêta à l'ombre d'un grand platane. Le cimetière s'étendait au-dessus, à une cinquantaine de mètres, entre des murs moussus.

Il descendit pour ouvrir la portière à Louise, qui lui parut alors plus fragile qu'elle ne l'avait jamais été. Il marcha près d'elle jusqu'au portail qui grinça lugubrement, et il eut envie de lui prendre le bras, mais il y renonça. La tombe de son fils disparu se trouvait contre le mur de droite, à l'ombre de deux cyprès. Elle était toute simple, avec une dalle grise, mais sans aucune inscription, comme si on avait voulu, à l'époque, ne pas donner trop d'importance à trop de douleur.

Louise s'arrêta devant, elle fit un signe de croix et Matthieu l'imita. Comme il lui semblait qu'elle tremblait malgré la chaleur, Matthieu se décida à lui prendre le bras. Devait-il parler ou se taire ? Il se sentait calme, pas du tout ému ou attristé dans ce lieu si paisible, et il songea, non sans une certaine satisfaction, que c'était là qu'il serait enterré un jour. Il n'eut pas l'impression que Louise priait : elle avait incliné légèrement la tête vers son épaule, et elle respirait calmement, comme si elle avait trouvé un port ou atteint un rêve secret.

— Je sais, dit-elle doucement, que l'essentiel se transmet, qu'il ne demeure pas enfoui dans les cadavres, inutile et perdu, et tu en es la preuve, Matthieu.

Il la serra un peu plus fort contre lui, tandis qu'elle ajoutait :

— C'est pour cette raison qu'il faut que tu restes en vie.

Puis, levant enfin la tête vers lui :

— Je te le demande, Matthieu, sinon, sans toi, je ne pourrai plus continuer.

Puis elle se tut et elle demeura silencieuse, comme soulagée d'avoir accompli une mission. Ils restèrent ainsi immobiles un long moment ; après quoi elle s'écarta de lui en disant :

— Viens ! Rentrons, maintenant !

Leur retour en voiture fut également silencieux : Louise paraissait libérée, elle souriait, et Matthieu songeait de nouveau que ce cimetière paisible serait un jour le sien, mais sans aucune tristesse. Au contraire : il se disait qu'il y avait là-bas quelque chose qui voisinait avec ce qui était peut-être la paix éternelle. Il sourit pour se moquer de lui devant tant de naïve béatitude, et pourtant cette sensation de bien-être se prolongea jusqu'à la maison où le repas du soir fut, lui, plutôt mouvementé, Paul manifestant de la contrariété de n'être pas associé à leur secret.

Plus tard, après avoir arrosé le jardin dans le parfum du chèvrefeuille et du lilas mêlés, ils s'assirent sur le banc et Louise, devant ses questions répétées, répondit enfin, d'une voix irritée :

— On est allés au cimetière.

Alors Paul, sans un mot, s'en alla et ne reparut pas avant une heure.

— Ce n'est rien, dit Louise à Matthieu. Ne t'inquiète pas.

Effectivement, quand Paul revint, il s'assit en gardant le silence, mais Matthieu s'aperçut qu'il avait pris le bras de Louise, et il dit d'une voix qui se voulait rassurante :

— Il fera beau demain.

23

Toute la journée fut consacrée aux préparatifs de la pêche nocturne, et Paul y mit beaucoup d'application, aidé par Matthieu que cette perspective réjouissait tout en lui faisant oublier la douleur qui se réveillait dans sa poitrine, toujours au moment où il s'y attendait le moins. Dès le matin, ils s'étaient mis à ravauder le filet de Paul avec de la cordelette, de manière à ce que les poissons ne puissent pas s'échapper entre les mailles déchirées.

— Depuis combien de temps tu ne t'en es pas servi ? avait demandé Matthieu.

— Au moins dix ans. Ce que je prenais dans les nasses nous suffisait.

— Alors pourquoi aujourd'hui ?

— Sans doute parce que tu es là, avait murmuré Paul sans lever la tête.

Et tout en travaillant, il avait rappelé à Matthieu leurs pêches fabuleuses d'antan :

— Un jour, on en a ramené un plein sac. Tu te souviens ? Et pas un petit : un grand sac de jute, il y avait peut-être vingt kilos d'ablettes, de truites et de barbeaux.

— Tu n'exagères pas un peu ?

— J'en ai donné à tout le voisinage. Nous, on en a mangé pendant trois jours.

Ils se trouvaient dans la forge, à l'ombre, en fin d'après-midi, alors que tout était prêt pour la nuit prochaine, et ils examinaient leur travail d'un air satisfait quand Paul dit brusquement, sans regarder Matthieu :

— Il ne faut pas emmener Louise au cimetière.

Matthieu fut surpris par cette réflexion que rien ne laissait présager, et il finit par répondre, comme s'il se sentait coupable :

— C'est elle qui me l'a demandé.

— Oui, je sais, mais c'est pas bon pour elle.

Cherchant à changer de sujet, Matthieu prononça les seuls mots qui lui vinrent à l'esprit :

— Si je mourais, c'est là-bas que je veux être enterré.

Paul fronça les sourcils, et répondit d'une voix contrariée :

— Tu es guéri.

— On peut toujours mourir d'un accident de voiture, fit Matthieu.

— C'est pas une question qu'on doit se poser à ton âge, répliqua Paul, mais plutôt au mien.

Matthieu laissa passer un moment de silence, puis il murmura, non sans une certaine appréhension :

— Il t'arrive d'avoir peur de mourir ?

— Je n'ai jamais eu peur de rien, et ce n'est pas aujourd'hui que ça va commencer ! s'insurgea Paul. La seule chose qui m'inquiète, c'est de laisser Louise seule, je te l'ai déjà dit.

— Oui, mais toi, Paul ? Est-ce que tu as une idée de ce qui se passe après ?

— Quelle question ! Qu'est-ce que tu veux que je te dise ? Il sera toujours temps d'y penser le moment venu !

Il ajouta, un ton plus bas, après un soupir :

— Si je dois payer mes dettes, je payerai.

— Tu n'as pas de dettes, Paul.

— Si ! J'en ai ! Mais elles ne regardent que moi.

Il se leva, cherchant à s'éloigner, mais Matthieu le retint du bras :

— À cause de la guerre ?

Paul ne répondit pas et se dégagea pour rassembler le filet remis à neuf.

— Tu n'es coupable de rien ! dit Matthieu. Hitler était fou, la France envahie, tu n'as fait que te défendre !

— J'aurais jamais dû aller là-bas ! s'écria Paul. À la fin de 1944, on les avait chassés de chez nous, ça aurait dû me suffire !

— Mais la guerre n'était pas terminée.

— La mienne, si !

Paul s'assit de nouveau, et répéta :

— J'aurais jamais dû y aller !

Il observait ses mains ouvertes devant lui, comme si elles gardaient les stigmates d'une culpabilité écrasante. Et tout à coup la colère l'embrasa :

— Et pourquoi tu me reparles de ça aujourd'hui ? demanda-t-il d'une voix dont la violence surprit Matthieu.

— C'est toi qui m'en parles, Paul.

— Non ! Moi je ne parle jamais de ça !

— Sauf à moi, fit Matthieu doucement, et ce n'est pas la première fois.

Il ajouta, tandis que Paul semblait chercher dans sa mémoire :

— Mais je suppose que c'est parce que tu en as besoin.

— Non ! La seule chose dont j'ai besoin, c'est de savoir que Louise ne restera pas seule un jour.

— Elle ne restera pas seule, fit Matthieu. Je te l'ai promis.

La colère de Paul parut s'évanouir d'un coup, mais une sorte de souffrance demeura présente dans son regard et Matthieu regretta de l'avoir poussé dans ses retranchements. Qu'est-ce qui lui avait pris ? De quel droit posait-il des questions aussi indiscrètes ?

— Excuse-moi, dit-il.

Paul soupira et dit :

— Allez, viens ! C'est l'heure de la soupe.

Ce fut un repas silencieux, au cours duquel Louise manifesta de l'humeur à cause de la pêche nocturne dont l'heure approchait. À plusieurs reprises elle dévisagea Paul et Matthieu en maugréant :

— Deux bohémiens ! Si seulement les gendarmes pouvaient m'en débarrasser !

Paul se hâta de s'enfuir au jardin pour arroser, tandis que Matthieu sortait sur le banc pour échapper au courroux de Louise. Quand elle vint l'y rejoindre, cependant, elle parut l'avoir oublié. Et quand Paul revint en indiquant à Matthieu qu'il fallait porter le filet dans la barque avant la nuit, elle se contenta de hausser les épaules et partit à son tour en direction du jardin.

Paul et Matthieu s'en allèrent donc tous les deux dans le soir silencieux que le soleil embrasait encore malgré l'heure avancée. Il semblait que ce soir, précisément, la nuit ne tomberait jamais. Même les hirondelles dans le ciel rose avaient renoncé à lancer leur cri joyeux de folle liberté ; rien ne bougeait, tellement la chaleur du jour pesait encore sur la terre recroquevillée comme un immense animal soucieux de fuir la lumière du jour.

Paul marchait devant Matthieu en longeant les haies, à la manière d'un voleur de poules qui tient à passer inaperçu. De fait, ils ne rencontrèrent personne avant le bras mort où se trouvait la barque. Une fois sous les arbres, c'est à peine s'ils trouvèrent le sentier dans la pénombre. Matthieu trébucha sur une racine et faillit tomber, provoquant les sarcasmes de Paul sur la « maladresse des gens des villes ». Enfin ils dissimulèrent le filet sous des fougères à proximité de la barque, puis Paul crut bon de rappeler à Matthieu comment il faudrait procéder : remonter la rivière, s'enfoncer dans une anse, la fermer entièrement et pousser les poissons vers le filet au moyen des deux rames qui les effraieraient en frappant l'eau.

Après quoi, ils repartirent vers la maison pour attendre la nuit, silencieux et furtifs comme deux gitans partis à la recherche de la sauvagine.

24

Louise les attendait sur le banc, toujours aussi hostile.

— Et si tu tombes dans l'eau ? s'indigna-t-elle auprès de Matthieu. Le temps que tu rentres, tu auras le temps de prendre froid.

Il comprit alors que c'était avant tout cette crainte-là qui alimentait sa mauvaise humeur.

— Et pourquoi veux-tu qu'il tombe à l'eau ? fit Paul en haussant les épaules.

— Tu es bien tombé, toi, il y a trois semaines.

— Ne t'inquiète pas, fit Matthieu. La chaleur ne diminue pas avant deux heures du matin.

Louise soupira, se leva en disant :

— Je préfère aller me coucher. Tâchez quand même de rentrer avant le jour.

— Mais oui, fit Paul. T'inquiète donc pas !

Ils restèrent seuls sur le banc, et Paul murmura :

— Faut toujours qu'elle se fasse du souci pour quelqu'un.

Matthieu ne répondit pas. Ce long soir de juin, comme les précédents, paraissait ne jamais devoir finir. Il était dix heures, et pas la moindre étoile ne s'allumait là-haut, au-dessus des collines. Des souffles chauds arrivaient par vagues, qui empêchaient Matthieu de respirer à son aise. Sa cicatrice le démangeait de nouveau atrocement, mais la douleur le laissait en paix. Les grillons s'étaient mis à chanter et c'était le seul bruit de la vallée. Pourtant on sentait palpiter la vie comme du sang dans les veines après un effort soutenu, et cette vie-là avait une force, une densité, qui donnait l'impression de ne jamais devoir s'éteindre. Elle était reposante et rassurante à la fois. Et ce jour qui durait si longtemps, ce temps qui se prolongeait indéfiniment, suscitait chez Matthieu l'intuition de ce qui était peut-être – pensait-il avec un ravissement dont il ne songeait même pas à se moquer – les rivages d'une possible éternité. Il pensa alors qu'il avait déjà ressenti cela au cimetière, près de Louise...

Il se leva brusquement, devant Paul qui demanda :

— Où vas-tu ?

— Faire un tour. Je serai de retour avec la nuit.

Une fois sur la route, il marcha vers le village mais entra dans le premier pré qui avait été fané, et il s'allongea sur le dos, face au ciel, pour guetter la première étoile comme il le faisait jadis avec Louise, les soirs d'été. Ils emportaient une couverture, allaient s'allonger côte à côte, et s'amusaient à deviner les premières étoiles. C'était à qui les découvrirait le premier. Louise le laissait gagner, puis elle lui demandait de fermer les yeux et de les rouvrir brusquement, suggérait :

— Tu vois ? On vole dans l'univers ! On tourne avec la terre.

Ce soir-là, seul face au ciel, Matthieu fit de même et il eut l'impression que Louise se trouvait près de lui. Il n'osa pas tendre la main, mais il rouvrit les yeux et, aussitôt, comme autrefois, il eut la sensation de faire corps avec la terre – d'être la terre elle-même, ou « peut-être son enfant, comme l'étaient tous les hommes, sans même le savoir », prétendait Louise. Et la terre était éternelle puisqu'elle durait depuis la nuit des temps. Dès lors, de quoi aurait-il dû avoir peur ?

Il ressentit la même impression de confiance dans l'avenir qu'il éprouvait autrefois, et il vogua un long moment dans l'univers avec des larmes dans les yeux qui lui dissimulèrent les premières étoiles. Quand il émergea de son rêve éveillé, il s'aperçut que la nuit était tombée, et il se releva aussitôt pour rejoindre Paul qui lança :

— J'ai failli t'attendre.

— Je me suis endormi, mentit Matthieu.

Paul lui tendit un sac de jute et il se munit d'une grosse lampe électrique. Après quoi ils partirent dans la nuit qui suait des parfums d'herbe chaude, épaisse et lourde comme une soupe de pain.

— J'allume pas, dit Paul en quittant la route, la lune suffira.

Elle était apparue dans toute sa splendeur, et comme il n'y avait pas le moindre nuage dans le ciel, elle projetait sur la terre une lueur blafarde mais suffisante pour qu'ils puissent avancer sans encombre sur l'étroit chemin qui longeait une haie fleurie d'églantiers.

Il ne leur fallut pas plus de dix minutes pour atteindre le bras mort où l'eau murmurait un peu en contrebas, sous les chênes et les acacias.

— Éclaire-moi ! dit Paul.

Il s'empara du filet dissimulé sous les fougères et descendit le premier dans la barque.

— Viens ! dit-il ensuite à Matthieu.

Celui-ci s'installa sur la planche de proue, et Paul, à l'arrière, se mit à ramer doucement en direction de la rivière sur laquelle ils débouchèrent en moins de cinq minutes. On n'entendait que son glissement furtif le long des rives et la lueur de la lune paraissait caresser la liane docile des eaux qui filaient vers l'aval en jetant des éclats vifs et joyeux. Les deux hommes ne parlaient pas. Paul remontait le long de la rive pour échapper au courant qui galopait au milieu du lit, là où la rivière était plus profonde.

Ils atteignirent en quelques minutes la petite baie qui avait été dessinée par un ancien bras mort dont la source s'était tarie. Ils y entrèrent, puis, ayant fait demi-tour, ils firent glisser le filet dans l'eau afin de fermer l'anse d'un bord à l'autre. Ensuite, Paul revint vers l'extrémité du bras mort, et, chacun muni d'une rame, ils se mirent à frapper l'eau de manière à faire fuir les poissons vers le piège. Ils recommencèrent l'opération à deux reprises, et ils vinrent accoster à la pointe du bras.

— Attendons ! fit Paul. On a le temps.

Sous les arbres de cette rive, le silence était total, car on n'entendait pas la rivière. On l'apercevait à moins de cent mètres, ruisselante de lune, et la magie de ce silence près de l'eau vagabonde étreignait les deux hommes qui luttaient déjà contre l'impatience de relever le filet. Matthieu retrouvait avec délices toutes les sensations oubliées : l'odeur de sable et de gravier, celle des feuilles et celle de l'eau, la douceur de l'air, l'impression de danger qui émergeait parfois de l'attente fébrile, le clignotement des étoiles, le parfum de l'herbe des rives, tout ce qui avait imprégné sa vie d'enfant avant de fondre comme neige au soleil. Il se sentait tellement intégré au monde environnant qu'il songea à une phrase dont il avait oublié l'auteur : « Nous sommes la nature aussi. » Puis il se dit qu'il aurait fallu rester là jusqu'au jour pour faire provision de tout cela, ne jamais rien en oublier – plus jamais –, mais Paul ne put attendre bien longtemps, tant son excitation était grande.

— On y va ! lança-t-il.

Ils repartirent vers le filet en frappant une dernière fois l'eau avec leurs rames, puis ils l'atteignirent avec des battements de cœur accélérés. Paul commença à le relever, et, très vite, il comprit que le piège avait fonctionné.

— Le sac ! Vite !

Le vif-argent des poissons se mit à glisser sur le fond de la barque et ce fut le début d'une pêche miraculeuse, dont l'euphorie les conduisit sans qu'ils s'en rendent compte jusqu'à une heure du matin, le sac quasiment plein, usant de gestes sûrs, parlant à peine, concentrés sur leurs prises, heureux aussi bien l'un que l'autre de ce braconnage clandestin, comme des enfants qui auraient déjoué la surveillance de leurs parents.

Matthieu était en sueur, mais il avait tout oublié : Paris, la maladie, la douleur, rien n'existait plus que cette pêche dont les prises se débattaient dans le sac qui se vidait de temps en temps, lorsqu'il était obligé de l'ouvrir pour y faire entrer de nouveaux poissons.

Quand tout fut relevé, Paul prit la direction de l'aval et s'engouffra rapidement dans le bras mort du dessous comme dans un refuge. Ils accostèrent à l'endroit habituel, et, pendant que Paul attachait la barque, Matthieu, soulevant le sac, voulut sauter sur la rive. Il calcula mal son élan et tomba brusquement dans l'eau qui jaillit autour de lui, tandis que Paul, lâchant la corde, se penchait pour lui venir en aide. Ayant mal assuré sa prise, il tomba lui aussi, et ils se retrouvèrent tous deux côte à côte, trempés jusqu'aux os, partant d'un fou rire qui cessa seulement au moment où Paul demanda :

— Le sac ! Où est le sac ?

Matthieu ne l'avait pas lâché, mais il avait perdu la lampe, et ils eurent beaucoup de mal à remonter sur la rive, mal éclairée par la lune à cause des frondaisons. Se souvenant alors des menaces de Louise, Paul rassembla rapidement le filet en disant :

— Rentrons vite ! Il ne faut pas que tu prennes froid.

Et durant le court trajet, il fut secoué du même rire qu'au milieu du bras mort, tandis que Matthieu sentait le froid pénétrer dans son corps, et se mettait à courir pour arriver le plus vite possible.

Une fois à la maison, Paul se saisit du sac et lui dit :

— Va vite te sécher, je m'occupe de tout.

Matthieu se hâta de passer dans la salle de bains puis revint dans sa chambre où il revêtit des vêtements secs avant de se glisser sous les draps. À peine cinq minutes lui furent suffisantes pour sentir la chaleur regagner ses membres et se réchauffer entièrement. Il s'endormit avec la sensation d'avoir joué un bon tour à la maladie, et avec celle, plus précieuse encore, que rien de grave ne pouvait l'atteindre ici, tant qu'il vivrait comme il avait vécu, enfant, dans cette insouciance qu'il venait de retrouver, alors qu'il l'avait crue perdue à jamais.

25

Effectivement, au cours des deux jours qui suivirent cette expédition, il ne ressentit aucune conséquence de son bain accidentel : pas de frissons, pas de toux, pas de douleur, mais seulement le souvenir d'une escapade qui laissait encore Paul, de temps en temps, incapable de refréner un rire soudain, qui éveillait les soupçons de Louise :

— Qu'est-ce que tu as à rire pour rien, comme un simple d'esprit ?

Il ne répondait pas, décortiquait les sandres agrémentés d'une sauce épicée dont Louise avait le secret et dont il se régalait, depuis le lendemain de l'expédition, à chaque repas.

— J'espère que l'envie t'en aura passé, disait-elle en repoussant son assiette, parce que moi, du poisson, j'en ai mangé à mon aise.

Elle ajoutait, s'adressant à Matthieu :

— Et toi ?

— Moi aussi.

— S'il en reste encore après le repas de ce soir, je les jetterai.

Mais il n'en resta pas, car Paul, ce soir-là, dévora les dernières perches avec toujours autant d'appétit, tout en demandant à Matthieu :

— Tu me suis demain matin ?

— Où donc ?

— Sur le causse. Je dois faire des fagots pour allumer le feu.

— Tu ne peux pas attendre qu'il fasse moins chaud ? fit Louise.

— Non. Le bois est bien sec. C'est le moment.

Elle haussa les épaules, tandis que Matthieu demandait :

— Pas trop tôt, j'espère ?

— Six heures et demie, ça te va ?

— Entendu.

Après le repas, Matthieu avait pris l'habitude depuis le soir de la braconne d'aller marcher seul, laissant Paul et Louise au jardin puis sur leur banc de pierre devant la maison. Ce fut ce soir-là près de la rivière que l'atteignit un coup de téléphone d'Odile qui lui apprit qu'une visite médicale de contrôle avait été fixée à l'hôpital dans quatre jours. Le 25 juin, avait-elle précisé, à seize heures trente. Matthieu en fut profondément contrarié : même s'il avait envisagé de repartir bientôt, l'idée que cette exigence provenait de l'hôpital l'irritait au plus haut point. Il eut beau marcher jusqu'à la nuit en respirant les parfums d'herbe et d'eau, s'immerger dans ce monde qui lui avait été rendu si opportunément, il ne put oublier le rendez-vous qui l'attendait, et les craintes qu'il soulevait.

Cette nuit-là, il dormit mal, et la douleur redoutée se réveilla vers deux heures du matin, malgré les médicaments qu'il avait scrupuleusement pris la veille au soir. Quand Paul le réveilla à l'aube, il avait plongé une heure plus tôt dans un profond sommeil et il eut du mal à se tenir debout. Mais il avait bien l'intention de profiter des trois jours qui le séparaient du départ. Il le suivit donc, dans la vieille deux-chevaux camionnette qui avait bien trente ans d'âge, et qui démarrait difficilement.

— On n'allait pas prendre ta voiture, tout de même, avait dit Paul. On l'aurait mise dans un sale état !

— Le tout est de savoir si ta guimbarde va pouvoir grimper sur le causse, avait répondu Matthieu.

Elle monta, mais très lentement, le long des lacets qui serpentaient entre les bois de chênes nains, jusqu'à un plateau carrelé de murs de pierres, celles que les bergers d'antan avaient arrachées à la terre afin de l'ameublir. Des grèzes maigres apparaissaient entre des petits bois, où somnolaient des brebis serrées les unes contre les autres comme des abeilles dans un essaim. Paul engagea sa voiture dans un chemin de terre qui s'en allait à angle droit depuis la départementale, et il roula pendant une centaine de mètres avant de s'arrêter dans une petite clairière entre des chênes et des genévriers.

Il expliqua à Matthieu comment rassembler les branches mortes en tas, d'une épaisseur d'une quarantaine de centimètres, après quoi il les attacherait avec la cordelette qu'il avait apportée. Matthieu se souvint de l'avoir aidé il y avait longtemps, mais ce qui le renvoya plus sûrement vers le passé, ce fut l'odeur de la mousse sèche sur le tronc des chênes nains : ce parfum typique du causse qu'il retrouvait aujourd'hui, plus prégnant qu'il ne l'avait jamais été, au point qu'il dut se redresser pour ne pas tousser.

— Qu'est-ce qu'il y a ? demanda Paul. Ça va pas ?

— Si ! Tout va bien.

Il se sentit surveillé du coin de l'œil tout le temps que dura l'assemblage des branches chues ; après quoi Paul lui proposa d'aller s'asseoir, le temps qu'il lie les fagots. Matthieu alla s'installer sur un mur écroulé à l'ombre d'un buisson d'épines noires, et il observa Paul qui appuyait sur les branches en s'agenouillant sur elles puis, ayant passé la cordelette par-dessous, serrait le plus possible avant de faire un nœud dont il avait le secret.

Quand ce fut terminé, il rejoignit Matthieu et, avant de s'asseoir, il releva machinalement quelques-unes des pierres écroulées, comme Matthieu l'avait vu faire dans le hameau du Verdier. Mais alors que Matthieu se demandait s'il fallait l'interroger à ce sujet, Paul lui demanda brusquement :

— Alors tu vas repartir ?

— Oui, fit Matthieu, dans quatre jours.

— Louise m'a parlé d'une visite de contrôle à l'hôpital.

— Oui. Le 25, en fin d'après-midi.

Paul passa une main sur son front dégarni, et Matthieu comprit qu'il hésitait. Mais la question qu'il retenait revêtait pour lui trop d'importance pour qu'il y renonce.

— Sinon, tu serais resté ? fit-il, sans regarder Matthieu.

Comment répondre à cette question sans engager l'avenir alors qu'il n'y avait pas sérieusement songé ? Et cependant quelque chose en lui se mit à battre plus fort : une sorte d'impérieuse nécessité qui conditionnait une future guérison. Il se souvint des paroles de Louise le jour où elle lui avait révélé qu'un médecin lui avait enseigné que les hommes et les femmes dont la souffrance était la plus terrible à la fin de leur vie étaient ceux qui n'avaient pas pu vivre heureux ou réaliser leurs rêves les plus chers. « Il faut aussi trouver l'endroit que son esprit puisse habiter avec bonheur, sans quoi il peut s'assombrir, avait-elle poursuivi. Et s'il s'assombrit trop, le corps dépérit. »

— Je crois, dit Matthieu, répondant à la question formulée par Paul.

Mais il ajouta aussitôt :

— Enfin, je n'en suis pas sûr.

Paul parut réfléchir, puis il murmura :

— Moi, je crois que tu reviendras.

— Et si je reviens, qu'est-ce que je ferai, ici ? Tu sais bien que mon travail est à Paris. Il n'y a plus rien dans cette vallée, il n'y a que des pierres écroulées.

Un long silence s'installa, durant lequel Matthieu se demanda si Paul avait songé à un projet précis.

— Justement, dit celui-ci. Il y a beaucoup à rebâtir.

Matthieu se tourna brusquement vers lui et il s'aperçut que Paul paraissait grave, ému au plus profond de lui.

— Rebâtir pour qui ? fit Matthieu.

— Pour ceux qui reviendront un jour.

Matthieu fut surpris par cet air de conviction profonde qui animait le visage de Paul.

— Parce que tu crois que des gens vont revenir un jour ?

— Oui, fit Paul. À condition que quelqu'un commence.

Et il ajouta aussitôt :

— Tu crois que c'est une vie, toi, que d'aller s'agglutiner comme des fourmis dans les grandes villes sans jamais voir un arbre ou un oiseau ? Tu crois que c'est normal de vivre sans voir le ciel ni les étoiles ? Tu crois que c'est bon d'habiter des immeubles de béton où les gens ne se parlent même pas ?

— Ils n'ont pas choisi, dit Matthieu. Ils sont partis parce que le travail se trouvait dans les villes. Tu es bien placé pour savoir que les campagnes sont en train de mourir, et que ça ne date pas d'aujourd'hui.

Il reprit, un ton plus bas, craignant d'avoir humilié Paul :

— On ne peut pas vivre tourné vers le passé. Il faut bien s'accommoder de la réalité... C'est ce que j'ai fait.

Paul demeura pensif un long moment, puis :

— Je te parle pas du passé ; je te parle de l'avenir. Un jour, les gens reviendront. Je ne sais pas quand, mais ils reviendront, sans doute quand leur vie sera devenue insupportable.

— Elle l'est déjà, le plus souvent, et ils ne reviennent pas.

— C'est qu'elle ne l'est pas encore assez.

Paul soupira, ajouta :

— Moi, je ne le verrai peut-être pas, mais toi, tu le verras.

— Je ne crois pas, dit Matthieu.

— Moi, j'en suis sûr. Et c'est pour ça que je relève les murs. Ne crois pas que je ne t'ai pas vu l'autre jour, au Verdier. Tu n'as jamais su te cacher, même quand tu étais petit.

Matthieu ne répondit pas, mais quand leurs regards se croisèrent, il trouva dans celui de Paul la même émouvante conviction qu'au début de leur conversation.

— De toute façon, reprit celui-ci, moi je n'ai pas le choix : c'est le seul moyen que j'ai trouvé pour rester debout.

Il poursuivit, dans un murmure :

— J'avais pensé que toi, peut-être...

Et, sans attendre de réponse, il se leva, alla ouvrir la porte arrière de la camionnette, et commença à y porter les fagots. Matthieu s'approcha pour l'aider, mais tous ne purent rentrer dans le coffre.

— Ça ne fait rien, dit Paul, je reviendrai chercher les autres demain.

— On ne va pas te les voler ? demanda Matthieu.

— Qui veux-tu qui vole des fagots, ici ? On n'est pas à Paris. Il y a du bois partout. On n'a qu'à se baisser pour le ramasser.

Matthieu était encore sous le coup de leur conversation, ébranlé au plus profond de lui. Il aurait voulu dire à quel point il se sentait touché par les derniers mots de Paul, mais il garda le silence. Une fois qu'ils furent assis côte à côte dans la voiture, il ne sut exprimer son émotion qu'en balbutiant :

— Je ne sais pas quoi te dire.

— Eh bien, ne dis rien ! Ce qui compte dans la vie, c'est ce qu'on fait, pas ce qu'on ne fait pas.

Un long silence s'ensuivit, dans lequel Matthieu ressentit une hostilité douloureuse, mais alors qu'il s'attendait à des mots acerbes ou des reproches, Paul lui annonça :

— Louise veut te faire une surprise avant que tu repartes.

— Ah ! fit Matthieu, soulagé. Et qu'est-ce donc ?

— Elle te le dira elle-même.

Dès lors ils ne parlèrent plus, l'un et l'autre songeant à leur conversation en ayant l'impression d'un mur dressé entre eux. Matthieu se sentait coupable et en souffrait. Mais en même temps il avait beau s'interroger, les paroles de Paul lui semblaient pure folie. Ce n'était plus la raison qui gouvernait le monde, mais des lois économiques auxquelles nul ne pouvait s'opposer sans être broyé. On ne décidait plus de rien, aujourd'hui : on subissait. Mais précisément : n'était-ce pas là que se situait la faille dans laquelle lui-même avait sombré ? Et n'était-ce pas ce que Paul avait voulu lui démontrer ?

Il se tourna vers lui, qui regardait fixement la route avec un air dur, comme s'il se refusait au moindre échange désormais. Et ce visage que les rides avaient creusé, cet air farouche de combattant jamais vaincu, cette force qui refusait le déclin firent venir à Matthieu deux larmes dans les yeux.

— Je vais réfléchir, dit-il.

— Oui, fit Paul, tu feras bien.

Et le sourire qui éclaira son visage donna à Matthieu la conviction que rien ne les séparerait jamais vraiment.

26

— C'est simple, lui dit Louise, l'après-midi même, après la sieste, j'ai décidé de cuire du pain demain. Comme avant.

— Tu faisais du pain ? Je me souviens pourtant d'être allé en acheter à la boulangerie.

— Quand tu as été grand, oui, mais avant, quand tu es arrivé, je cuisais du pain.

— Mais où donc ?

— Au Verdier, il y a un four banal qui date du Moyen Âge. Tu ne te souviens pas ?

— Non.

— Tu étais trop petit. Mais je t'ai emmené plusieurs fois. On a arrêté d'en cuire quand le boulanger de Bayac a ouvert une boutique. Tu devais avoir cinq ou six ans.

Et tout à coup, le Verdier redevint pour Matthieu ce qu'il avait été : un lieu habité, chaleureux, non plus ce qu'il était devenu aujourd'hui – des ruines que relevait Paul. Quelques images confuses lui revinrent à la mémoire : les panières de pâte sur la charrette à l'aller, des hommes et des femmes qui se succédaient devant le four, discutaient avec des gestes lents, pleins de mesure et de calme, et ces tourtes odorantes au retour, alors qu'il était assis sur la banquette entre Paul et Louise, que la jument avançait lentement entre les haies, secouant la tête, ses sabots claquant sur le sol avec un bruit sec, sa vaste croupe grise luisante de sueur. « Hue ! » disait Paul lorsqu'elle s'arrêtait devant le moindre obstacle, attendant les ordres avec une placidité au moins égale à cette force qu'elle dégageait.

— Je me souviens, dit-il à Louise, mais c'est loin tout ça.

— Justement, fit-elle, ça nous fera du bien.

— Tu crois ?

— Bien sûr !

— Et tu pétriras la pâte quand ?

— Demain matin. Pendant ce temps, Paul ira allumer le feu sous la sole. On le rejoindra avec les panières : tu m'emmèneras avec ta voiture. Tiens ! D'ailleurs, le voilà. Suis-le ! Il t'expliquera.

Matthieu accompagna Paul qui allait charger le foyer pour le lendemain, emportant deux fagots de genévriers, et des bûches de chêne. Le four se trouvait à l'intérieur d'une petite bâtisse en pierres couverte de tuiles rousses, dont le mur extérieur avait été réparé avec du ciment qui n'était pas de la même couleur que celui d'origine. Matthieu songea qu'il s'agissait de l'œuvre de Paul, mais il ne l'interrogea pas à ce sujet, car il ne souhaitait pas revenir sur leur conversation du matin. Il l'aida à manœuvrer la camionnette afin de reculer le plus près possible de l'entrée, et, une fois à l'intérieur, Matthieu reconnut aisément le four, le foyer ouvert en dessous, la fermeture en fonte qu'un lest rond et épais servait à relever ou à rabaisser. Dans sa mémoire, ce lieu était associé à une sensation de chaleur, de refuge où il aurait pu dormir en sécurité.

Ils déchargèrent le contenu de la voiture sur le sol en terre battue, puis Matthieu observa les gestes sûrs de Paul qui chargeait le foyer : d'abord les fagots, les genévriers, enfin les bûches de chêne qu'il disposa savamment les unes sur les autres, mais pas trop serrées pour laisser passer l'air entre elles, afin de faciliter la combustion. Après quoi il souleva la plaque de fonte et nettoya la sole avec le balai-brosse qu'il avait apporté. Elle était constituée de larges blocs de pierre que la farine avait blanchis, et qui semblaient aussi lisses qu'une toile cirée.

Quand il eut terminé, Paul demeura un moment silencieux, puis il se baissa pour vérifier le foyer, et dit avec un sourire satisfait :

— Voilà ! C'est prêt !

Et il ajouta, comme en révélant un secret :

— Les genévriers, c'est pour parfumer le pain. Ça brûle vite, mais l'odeur reste.

Lorsqu'ils sortirent, il ne se dirigea pas tout de suite vers la voiture, mais il fit le tour du hameau, suivi par Matthieu qui demanda :

— Tu visites ton chantier ?

— Il y a encore du travail, tu vois !

Paul souriait avec un air de satisfaction qui le rajeunissait soudain, et il ne semblait pas du tout accablé par l'ampleur de la tâche. Là, pourtant, une toiture était crevée, là un mur s'ouvrait, là des ronces avaient entièrement envahi un devant de porte, là une soue menaçait de s'effondrer, là une grange perdait ses tuiles... Il revint vers Matthieu sans un mot, et ce fut seulement une fois remonté dans la camionnette qu'il demanda :

— Alors ? Tu te souviens ?

— Oui. Vaguement. J'avais seulement cinq ans, m'a dit Louise.

Paul ne put s'empêcher de sourire en révélant :

— Avec Louise, cette nuit on a décidé de ne plus acheter de pain, mais de le faire nous-mêmes, comme avant.

Il ajouta aussitôt, le visage illuminé :

— Pour nous faire plaisir.

Et, devant l'air médusé de Matthieu :

— On a bien le droit, non ?

— Oui, dit Matthieu, vous avez bien le droit.

Le soir, Paul et Louise reparlèrent de ce projet avec une joie d'enfants, comme s'ils s'étaient eux-mêmes donné une autorisation au sujet d'une activité jusque-là défendue. Et quand Matthieu s'en alla faire sa promenade du soir, il ne cessa de songer à ce sourire qui avait illuminé leur visage tout au long du repas : un sourire qui était sans doute une nouvelle arme dans le combat qu'ils avaient entrepris l'un et l'autre. « Et après tout, se disait Matthieu, pourquoi n'auraient-ils pas le droit de se faire ce plaisir-là s'ils en avaient envie ? Il était bien temps pour eux, à leur âge, d'inventer des petites joies de cette sorte, de profiter de leurs dernières années ! »

Cette nuit-là, il dormit bien, sans la moindre douleur pour le tourmenter. Il rêva de la jument grise qui l'emportait, seul, vers une contrée ignorée, mais il n'y avait pas la moindre peur en lui. Il ne savait pas où elle l'emmenait, il devinait seulement une grande plaine inconnue de lui à l'horizon, et cette plaine s'étendait à perte de vue, et il avait la sensation qu'il ne l'atteindrait jamais. Pourtant nulle angoisse dans cette solitude, mais une grande paix, au contraire, comme un soulagement d'une exquise douceur.

Quand Louise frappa à sa porte, le lendemain matin à sept heures, il se leva sans difficulté, et, après une brève toilette, il la rejoignit dans la cuisine pour déjeuner. Elle avait commencé à pétrir la pâte qu'elle étirait d'abord, puis elle la saupoudrait de farine, la rassemblait de nouveau, la malaxait, s'interrogeait :

— J'espère que j'ai mis assez de levain.

— Avec quelle farine ? demanda Matthieu.

— Un peu de seigle et beaucoup de froment.

Cela sentait bon. Et plus Louise pétrissait, plus l'agréable parfum emplissait la cuisine, évoquant déjà le pain à venir, pénétrant Matthieu qui rêvait les yeux ouverts, redevenu l'enfant qu'il était à quatre ans, à l'époque où il buvait son café au lait devant Louise affairée comme elle l'était aujourd'hui, à la fois distante et si proche, heureuse de préparer ce pain qu'ils mangeraient chaud et craquant dès midi.

— Aide-moi ! dit-elle.

— Qu'est-ce que je dois faire ?

— Comme moi.

Il s'agissait maintenant de former trois grosses boules à disposer ensuite dans des panières afin que la pâte lève.

— Il faudra combien de temps ? demanda Matthieu.

— À peu près une heure.

Elle ajouta, avec un sourire satisfait :

— Paul est parti allumer. Quand on va le rejoindre, le four sera bien chaud.

Effectivement, une heure plus tard, Paul, qui les attendait devant la bâtisse où le feu flambait sous la sole, enfourna avec la palette en noisetier qui datait de l'époque où le four servait chaque semaine, faisant glisser brusquement, d'un geste sec, les boules de pain dont l'instrument se délesta comme dans un soupir.

— Allez faire un tour, dit-il, moi je reste pour surveiller le feu.

Matthieu interrogea Louise du regard.

— À pied, dit-elle. Il ne fait pas trop chaud.

Ils s'éloignèrent en empruntant le chemin qui, entre des peupliers d'Italie dont les feuilles ondulaient dans l'air presque frais du matin, conduisait vers la rivière. D'abord ils ne parlèrent pas, puis Louise, s'arrêtant subitement, murmura :

— Je suis sûre qu'il t'a demandé de revenir.

Matthieu sourit. Elle reprit :

— Il fait semblant de croire que tout peut recommencer, parce qu'il en a besoin.

— Et toi, fit Matthieu, que crois-tu, Louise ?

— Moi, je ne fais pas semblant : je crois que la vie ne s'éteint jamais nulle part. Elle peut rester tapie, ou endormie longtemps, mais un jour quelque chose ou quelqu'un la réveille.

Elle ajouta aussitôt, faisant un pas vers Matthieu :

— Je ne te dis pas ça pour t'influencer : je sais bien que ton travail est à Paris, et aussi Odile, qui a besoin de toi autant que tu as besoin d'elle. Je te dis simplement ce que je pense, puisque tu me le demandes.

Un lapereau traversa le sentier, disparut en un éclair, et ils se remirent à marcher, atteignirent une clairière où roucoulaient trois tourterelles. Un écureuil, surpris, remonta sur le frêne qu'il venait de quitter.

— La vie toute simple, dit Louise, en le désignant de la main.

Ils s'assirent sur le tronc d'un bouleau qui avait été abattu par le vent l'hiver précédent.

— Un jour, murmura Matthieu, tu m'as dit qu'il fallait que notre esprit trouve des lieux qu'il puisse habiter, en affinité avec lui, sans quoi, c'est notre corps qui se dégrade.

— Oui, fit-elle, je le crois.

— Et qu'est-ce qui t'a donné cette idée-là ?

— Peut-être est-ce lié à nos vies d'avant... Enfin... je veux dire, aux existences qu'ont connues nos ancêtres, et à la mémoire profonde, souterraine, que nous en avons gardée. Il faut sans doute que notre vie soit accordée avec ce qui l'a nourrie, ce dont elle est née : son royaume secret. Sans quoi, un reniement, même inconscient, peut l'ébranler gravement.

Elle se mit à rire brusquement, s'exclama, comme à son habitude :

— Mais qu'est-ce que je dis là ! Suis-je bête !

Matthieu l'observa en souriant :

— Tu es loin d'être bête, Louise, dit-il.

Et il ajouta, en l'embrassant sur la tempe :

— Je crains bien que tu aies raison.

Ils se remirent en marche et finirent par arriver au bord de la rivière qui étincelait sous les vifs rayons du soleil qui n'était pas loin du sommet de son orbe. Un grand milan noir décrivait des cercles au-dessus du courant, qui, vers l'aval, cascadait sur un lit de galets.

— J'ai eu la chance de ne pas quitter ce monde-là, dit-elle en le montrant du bras. Le contact avec lui m'est absolument nécessaire, alors tu vois : je n'ai aucun mérite.

— Et moi, je l'ai perdu, murmura Matthieu.

— Tu as trouvé autre chose, souffla Louise, mais sans le regarder.

— Précisément : ce n'est pas la même chose.

Comme ils étaient aveuglés par le soleil, ils firent demi-tour et regagnèrent l'abri des grands arbres où subsistait encore un peu de la fraîcheur de la nuit. Louise se baissa pour cueillir des jacinthes sauvages, et elle en fit un bouquet qu'elle admira un moment, immobile, tandis que Matthieu respirait profondément le parfum de l'humus répandu de part et d'autre du chemin, sans que la moindre douleur s'éveille dans sa poitrine.

— Ça sent bon, dit-il.

— C'est l'odeur de la mousse mêlée aux fougères, aux herbes et aux fleurs.

— Tu sais tout, toi, dit Matthieu.

— Non, fit-elle, mais le peu que je sais me suffit.

Et elle ajouta, arrêtant Matthieu du bras, dardant son regard de verte fontaine dans le sien, sans qu'il comprenne exactement ce à quoi elle faisait allusion :

— J'ai confiance.

Ils continuèrent à marcher un long moment, si bien qu'ils oublièrent l'heure et que ce fut le klaxon de la camionnette actionné par Paul qui les ramena à la réalité. Ils retournèrent sur leurs pas en riant de la colère feinte qu'il ne manquerait pas de manifester, ce qui fut le cas :

— Vous vous êtes perdus ? s'exclama Paul. On dirait des amoureux en goguette !

Le four était ouvert et l'odeur puissante du pain cuit avait envahi la bâtisse où Paul venait de sortir les tourtes brunes, les alignant sur le rebord en brique. Cette odeur pénétra Matthieu délicieusement, et il ferma les yeux un instant pour retrouver en un éclair sa petite enfance enfouie, mais dont le souvenir s'évanouit, hélas ! dès qu'il les rouvrit. Une porte avait battu, puis s'était refermée, le transportant une seconde dans un bonheur inouï qui avait aboli le temps, le laissant désemparé, perdu, tout à coup, ne sachant plus qui il était vraiment.

— Qu'est-ce qu'il y a ? demanda Louise.

— Rien, dit-il.

Et, comme elle paraissait très inquiète :

— C'est l'odeur... Le pain.

Tous trois examinaient les tourtes avec envie, comme s'il s'agissait d'un mets extraordinaire dont ils auraient rêvé très longtemps. Alors Paul sortit d'une musette un couteau, trois verres, du fromage de chèvre et une bouteille de vin rouge en disant :

— Je savais que vous n'auriez pas la patience d'attendre.

Il se saisit d'une des tourtes qui craqua entre ses mains, coupa trois morceaux, étendit du fromage sur chacun d'eux, en donna un à Louise puis à Matthieu. Ils savourèrent ce don du ciel en silence, puis il versa du vin dans chacun des verres et ils burent en même temps, souriants, faisant durer le plaisir.

— C'est pourtant pas grand-chose, fit Louise, mais que c'est bon !

— Et que ça sent bon ! renchérit Matthieu.

Ils auraient bien mangé la moitié d'une tourte si Louise n'y avait mis le holà en disant :

— Il faut que les tourtes nous durent deux semaines. Comme avant.

Elle les prit sans que ni Paul ni Matthieu aient eu le temps d'esquisser le moindre geste et elle s'enfuit vers la voiture en criant :

— Ramène-moi vite avant qu'il n'y en ait plus !

Matthieu la rejoignit et, sous le regard de Paul, indigné, ils partirent vers la maison, dans l'odeur du pain que les fenêtres closes exaspéraient, la rendant aussi puissante que dans le fournil d'un boulanger.

27

Le lendemain, Matthieu mit à exécution le projet qui lui était venu à l'esprit peu après son arrivée. Il n'était que temps, car il devait repartir dans trois jours au plus tard. Il l'avait annoncé à Louise et à Paul la veille au soir, et ce dernier s'était moqué de lui. Refaire le chemin de l'école ! Quelle idée ! Louise, elle, avait simplement dit, s'adressant à son mari :

— Et toi ! Tu n'en as jamais des idées bizarres ?

Paul n'avait pas répondu et il s'était levé, haussant les épaules, pour aller arroser le jardin.

— Tu veux partir à quelle heure ? avait demandé Louise.

— À quelle heure commençait-on les cours à cette époque-là ?

— Je ne me souviens plus exactement... Huit heures et demie, peut-être.

— Alors, je partirai une heure plus tôt. Je ne veux pas me presser.

Il avait bien dormi, s'était réveillé tout seul, et avait déjeuné en compagnie de Paul qui avait plaisanté en disant :

— N'oublie pas ton cartable.

Et, insistant devant Louise qui soupirait :

— J'espère que tu as bien appris tes leçons.

Matthieu n'avait pas répondu : il avait hâte de partir, s'imaginant déjà sur la petite route, seul, sans bien comprendre ce qu'il allait chercher dans cet aller et retour dont la nécessité, pourtant, lui paraissait impérieuse. Il avait glissé une bouteille d'eau dans sa sacoche de ville dont il avait passé la bretelle à l'épaule, et il était parti, embrassant Louise comme il le faisait à l'époque, au moment de la quitter.

Un peu de rosée faisait luire les prairies où des bestiaux somnolaient sous des saules. Il ne faisait pas chaud, encore, mais il devinait que cette journée serait une journée de canicule, à la couleur blanche du ciel au ras de l'horizon. D'abord il marcha rapidement, puis il ralentit au bout d'une centaine de mètres en s'interrogeant sur le sens de son périple. Qu'est-ce qui l'avait déterminé à entreprendre ce trajet ? Il se souvint de sa conviction d'être complètement guéri le jour où il en serait capable. C'est vrai qu'il avait du mal à tenir debout le jour de son arrivée. Aujourd'hui, incontestablement, il allait mieux. Mais il ne fallait surtout pas se laisser aller à des conclusions hâtives. S'il avait au moins retrouvé un peu de lucidité, ce n'était pas parce que la douleur laissait plus souvent en paix sa poitrine, que le mal qui l'avait rongée était définitivement vaincu.

Il respira bien à fond, s'assit quelques minutes pour suivre des yeux un vol de pigeons qui tournaient au-dessus d'une peupleraie, près de la rivière. De l'autre côté, sortie d'une grange isolée, une jument léchait son poulain qui ne bougeait pas d'un pouce. Pas le moindre bruit ne troublait ce silence de cristal, même pas les hirondelles qui avaient pourtant commencé leur ronde folle, éblouies par la lumière étincelante du jour. Matthieu ferma les yeux un instant, écouta ce silence en sentant battre son cœur un peu trop fort dans sa poitrine, mais nulle angoisse ne l'envahit. Il jeta autour de lui un long regard circulaire : personne. Personne. Il était seul comme à l'époque, et cette découverte lui donna l'agréable impression que tout n'était peut-être pas perdu.

Il repartit dans la ligne droite de la petite route au bout de laquelle se trouvait la grange qui lui avait servi de refuge, marcha plus vite pour l'atteindre, avec la même hâte qu'il manifestait enfant, imaginant des cavaliers à ses trousses, ou des monstres de légende qui, heureusement, ne l'atteignaient jamais. Dès qu'il quitta la route, sur le petit chemin herbu, des sauterelles se mirent à gicler devant lui, et il ne résista pas au plaisir d'en attraper une, au gros ventre jaune et au dos vert. Elle laissa échapper de sa bouche la même bulle brune qui était censée être sans doute un poison de défense mais dont il n'avait jamais eu peur. « Heureusement que personne ne me voit », se dit-il avec une sorte de satisfaction coupable qui l'enchanta. Combien de fois n'était-il pas allé à la chasse aux sauterelles pour Paul qui s'en servait comme appâts à la pêche ? Et c'était précisément là qu'il venait les chercher. Pourquoi étaient-elles ici plus nombreuses qu'ailleurs ? Une question qu'il s'était posée sans jamais trouver de réponse. L'herbe était-elle ici plus épaisse ? Quelle importance ? Il lâcha la sauterelle qui détendit ses pattes et disparut dans un bond prodigieux de liberté retrouvée.

Au lieu de rentrer dans son refuge, il décida de se remettre en route et de ne l'inspecter qu'au retour. Après la ligne droite, la route tournait vers la gauche et longeait un bosquet de sureaux et un buisson d'épines où des mûres commençaient à bleuir. Il en cueillit deux qu'il glissa dans sa bouche, puis deux autres, et d'autres encore, dont il savoura le goût oublié, acide et sucré à la fois, et il regretta que les prunelles dont il se régalait jadis ne fussent pas mûres. Seul le gel les attendrissait, et on n'était qu'en juin. Tant pis ! Les mûres lui suffiraient.

Il continua jusqu'à une fermette dont le mur principal était parallèle à la route, mais dont les fenêtres donnaient de l'autre côté, dans un enclos d'où, lui sembla-t-il, sortait de temps en temps, à l'époque, une vieille femme qui lui donnait des noisettes, ou une pomme, une figue, et, parfois, en hiver, une nèfle. Il sentit dans sa bouche la saveur chaude et sucrée, les deux ou trois grains durs qu'il ne fallait pas avaler, se demanda depuis combien de temps il n'avait pas mangé de ce fruit. « Peut-être n'existe-t-il plus ? » se dit-il. Et cette pensée le contraria, au point qu'il franchit le portail et pénétra dans la courette, comme pour exorciser un mauvais rêve. Le figuier se trouvait là, mais il n'y avait pas de néflier, ni de noisetier, ni de pommier. Peut-être avait-il rêvé, après tout. La maison, elle, luttait contre les dégradations de toutes sortes et il constata, au moment de ressortir, que le mur d'enceinte s'écroulait en plusieurs endroits.

Machinalement il rebâtit les pierres comme il avait vu Paul le faire, et quand il eut terminé, une bouffée de chaleur heureuse monta dans sa poitrine. Il haussa les épaules, mais à présent, il savait : il y avait d'autres manières d'exercer le métier d'architecte que celle dont il avait usé depuis toujours. Ce que l'on appelait la restauration des vieilles demeures pouvait être effectué ici d'autant plus facilement qu'elles étaient nombreuses à tomber en ruine. Voilà au moins une tâche qui avait un sens : rebâtir pour durer. Ne pas consentir à l'effondrement. Vaincre le temps, comme ces longs soirs de juin qui n'en finissaient jamais de repousser la nuit. « Durer c'est vivre, murmura-t-il pour lui-même, et vivre c'est durer. »

Il repartit, souriant, sur la route, et repoussa farouchement toute idée qui lui paraissait contraire à la précédente, puis Odile lui apparut, contrariée, lui sembla-t-il, en avançant un raisonnement comme toujours implacable. « Qui rachèterait des maisons restaurées là-bas ? Ce n'est pas la Côte d'Azur ! Et qu'est-ce que je deviendrais, moi, dans cette affaire ? » Évidemment ! Il chassa ce projet de son esprit, mais il comprit que l'empreinte avait pris, et qu'elle ne s'effacerait pas facilement, même sous la tempête. Il était heureux, il se sentait bien : tout était possible, ce matin, la vie et l'espoir se mêlaient en repoussant la maladie et la mort dans un lieu inconnu et lointain, d'où elles n'auraient jamais dû sortir.

Il ne ressentait aucune fatigue, avançait vers le village dont le clocher égratignait le bleu du ciel, et dont les premières maisons apparaissaient, là-bas, entre les feuilles des vergers. Il lui sembla entendre une cloche qui était peut-être celle de l'école actionnée par le maître d'alors, mais il se dit que c'était impossible. Il n'y en avait plus, sinon il l'aurait vue le jour de son arrivée. Pourtant, comme s'il se savait en retard, il marcha plus vite, et, dès la première maison, il rencontra deux enfants qui se hâtaient eux aussi. « Je suis complètement fou », songea-t-il en souriant, et il les suivit en prenant sa sacoche de ville à la main, comme un cartable, fermant de temps en temps les yeux afin de croire que ce qui était impossible était devenu ce matin accessible.

Devant le portail de l'école, pourtant, il s'arrêta, un peu inquiet de sa conduite. Les enfants, eux, jouaient dans la cour, sans paraître s'apercevoir de sa présence, mais l'institutrice l'avait vu et elle s'approcha sans la moindre crainte apparente.

— Je suis..., commença-t-il.

— Oui, je vous reconnais, dit-elle.

Et, aussitôt, avec une attention sincère :

— Vous allez mieux, aujourd'hui ?

— Oui. Merci.

Les yeux noirs de la jeune femme pétillaient d'une intelligence taquine et d'une curiosité malicieuse.

— Vous pouvez voir la classe si vous voulez, proposa-t-elle.

Et elle ajouta, comme il hésitait :

— On rentre seulement dans dix minutes.

Il acquiesça, la suivit, monta les trois marches qui y donnaient accès, s'arrêta sur le seuil, face aux pupitres qui n'étaient plus les mêmes – plats, lisses, désormais, et non plus inclinés comme avant – et face au bureau qui avait changé de place.

— Je vous laisse, dit-elle. Il faut que je surveille la cour.

Il hocha la tête, alors que dans son esprit s'ouvrait une sorte de gouffre infranchissable qui fit naître en lui un malaise. Il s'assit au bord de l'allée centrale, devant une table sous laquelle ses jambes n'entraient pas entièrement ; il observa les murs d'où avaient été retirées toutes les cartes de géographie, remarqua que le poêle lui aussi avait disparu, et il eut la sensation de subir brutalement un châtiment injuste et douloureux. Trente ans avaient passé, et il avait cru que ce monde-là, au moins, l'avait attendu sans changer. Or, il n'y avait plus rien pour lui, ici, aujourd'hui. Le passé était le passé et il demeurait seulement vivant dans sa mémoire. Il aurait dû le savoir, ne pas le provoquer, s'en tenir aux trésors enfouis en lui, qui, ceux-là, étaient impérissables. Il sourit pour se moquer de lui, puis il se leva et sortit.

La brunette se retourna, demanda une nouvelle fois en le découvrant si pâle :

— Ça ne va pas ?

— Si. Je vous remercie.

Et, en s'en allant, comme s'il fuyait :

— Merci encore.

Elle inclina la tête, répondit :

— Avec plaisir.

Il courut presque pour sortir de la cour, tourna à gauche, se retrouva sur la petite route avec soulagement, tandis que son cœur s'apaisait. Il avait pris une leçon qu'il n'était pas près d'oublier, mais il n'y avait nul regret en lui. Tout cela avait été sans doute nécessaire. Et d'ailleurs entrer dans la classe n'avait pas fait partie de ses projets. Son seul désir avait été de se montrer à lui-même qu'il était capable de refaire le chemin de l'école, afin de se persuader de sa guérison. Il l'avait réalisé. Même s'il se sentait fatigué, ses jambes ne tremblaient plus comme le jour où il était arrivé. Elles le portaient aisément entre les haies vives fleuries d'églantiers, et la même impression de découverte, de solitude enchantée, de nouveau, s'installait en lui, lui faisant oublier la salle de classe et ses pupitres neufs, ses murs sans cartes, son poêle disparu.

Il observa deux milans qui paraissaient se disputer pour affirmer leurs droits sur une femelle apparemment insensible à leur querelle. La foudre d'un lapin de garenne fusa devant lui, le faisant sursauter. Il repartit, et, comme pour provoquer son corps, il se mit à courir tel un enfant, sans raison, sur une trentaine de mètres, puis, à bout de souffle, il s'arrêta, plié en deux. Comme c'était bon, cette sensation d'avoir reconquis un pouvoir confisqué pendant quelque temps par la maladie ! Dès qu'il eut repris sa respiration, il se remit à courir, mais moins loin, cette fois, car il haletait, et ses jambes s'étaient mises à trembler. Il s'assit en bordure d'un pré où il ramassa quelques brins d'herbe tombés d'une charrette de foin et il les huma en fermant les yeux avec la conviction qu'il ne tousserait pas. Effectivement, rien ne vint irriter sa poitrine et il sourit d'une manière puérile, jouant une nouvelle fois à l'enfant qu'il n'était plus.

Il décida alors de repartir en ménageant ses forces, marcha lentement pour être certain de parvenir au bout de ce trajet qu'il voulait salvateur, mais il fut soulagé de pouvoir faire une halte dans la grangette refuge où il avait inscrit la date de son départ pour Paris en août 1968. Là, il s'assit de nouveau sur le bord de la mangeoire qui lui servait jadis de lit, puis il se saisit d'une petite pierre tombée du mur où se trouvait l'inscription, et il se mit à frotter son outil sur elle, de manière à la faire disparaître. Au bout de cinq minutes d'efforts, elle devint illisible, plus aucune trace n'en subsista. « Voilà, se dit-il, je ne suis jamais parti », et cette idée insensée l'emplit d'un bonheur inouï. Il demeura un long moment face à la pierre remise à neuf, passa sur elle un doigt assuré tout en sentant ses yeux s'emplir de larmes.

Il se leva, quitta le refuge dont la porte ne fermait plus, et marcha sans se presser vers la maison où, jadis, Louise, immanquablement, l'attendait devant le portail. Il n'osa espérer la retrouver ainsi, mais, comme elle s'inquiétait, elle se tenait debout, comme avant, à la grande satisfaction de Matthieu, et elle se dirigea vers lui dès qu'elle l'aperçut en disant :

— Tu en as mis, du temps !

— Rien ne me pressait, dit-il.

— Oui, fit-elle, tu as raison.

Et ils entrèrent bras dessus, bras dessous dans la maison où, sachant qu'il en aurait besoin, elle avait préparé un deuxième petit déjeuner de pain, de beurre et de confiture devant un grand bol de café.

28

Le dernier jour avant son retour à Paris, il ne quitta ni Louise ni Paul qui étaient devenus silencieux, comme si tout avait été dit au cours de son trop court séjour. Il les devinait malheureux, mais incapables de le culpabiliser pour ce nouvel éloignement dont, cependant, ils refusaient la perspective proche. Ce fut seulement le soir que Louise se décida à en parler, mais pas directement :

— Tu diras à Marie qu'on l'attend, comme d'habitude, au début du mois d'août.

Et elle ajouta aussitôt :

— Mais peut-être seras-tu revenu avant te reposer quelques jours, toi ?

— Peut-être, répondit Matthieu.

Elle se contenta de cette réponse qui lui laissait de l'espoir, tandis que Paul se murait dans un silence têtu qui trahissait sa mauvaise humeur. Il consentit seulement pendant le repas à lâcher quelques mots qui sonnèrent faux mais semblèrent le rasséréner :

— L'important est que tu sois guéri. Tu ne seras pas venu ici pour rien !

Peu après, sur le banc encore chaud de l'étreinte du soleil, Louise fit remarquer :

— Aujourd'hui, c'est la Saint-Jean, le solstice d'été : le jour le plus long de l'année.

— Ils sont tous longs en juin, précisa Paul, et ceux qui vont suivre aussi : ils ne diminuent pas vraiment avant une semaine.

Matthieu n'eut pas le cœur d'aller faire sa promenade habituelle et de les laisser seuls. Ils demeurèrent un long moment silencieux, tandis que face à eux la vallée se mettait à respirer dans des froissements de feuilles et de soupirs venus d'on ne savait où, sous un ciel crème qui verdissait au-dessus des collines lointaines.

— On dirait que la nuit ne tombera jamais, fit Louise.

— Il est quand même temps d'aller arroser le jardin, décida Paul.

Et, se tournant vers sa femme :

— Je ferai seul. Restez ensemble.

Il s'en alla sans leur laisser le temps de protester, et d'ailleurs ils n'en avaient pas l'intention. Paul avait deviné qu'ils en avaient besoin, que l'un et l'autre redoutaient autant que lui la séparation du lendemain.

— Si on allait marcher un peu, fit Louise, quand Paul eut disparu de l'autre côté du portail.

— Je veux bien, dit Matthieu.

Ils s'éloignèrent dans la direction opposée au jardin, vers le hameau du Verdier où ils avaient fait cuire du pain. Mais ils quittèrent rapidement la petite route pour prendre un chemin qui se dirigeait vers la rivière puis, sur leur droite, ils pénétrèrent dans une prairie que paraissaient surveiller deux immenses saules. Ils la traversèrent et atteignirent un petit bois d'où s'envolèrent deux colombes, effrayées par leur présence, qui s'y étaient branchées pour la nuit. Là, ils firent une halte, car il y faisait plus frais sous le couvert des chênes et des acacias. Matthieu voulut parler, mais Louise l'arrêta de la main :

— Non ! dit-elle. Ne dis rien. Écoute !

On entendait derrière le rideau d'arbres murmurer la rivière, mais c'était un murmure frais, joyeux, délivré des touffeurs accablantes du jour. Un oiseau chanta brièvement, puis se tut. Une sauvagine glissa sous les fougères, avec un frôlement très doux, et un souffle soudain, venu de l'eau voisine, agita la cime des arbres.

— Un jour, peut-être, la nuit cessera de tomber, murmura Louise. À force de la repousser, la lumière gagnera définitivement son combat de l'été. Et il n'y aura plus de nuit. Jamais.

— Et on ne dormira plus ? demanda Matthieu.

— On dormira le jour, fit-elle en riant.

Et, aussitôt, en se levant brusquement :

— Viens !

Elle partit sans se retourner, sachant qu'il la suivrait au bout du monde, ce soir-là, même s'il ne se doutait pas qu'elle avait décidé de lui confier ce qu'elle savait de plus précieux.

Ils marchèrent longtemps, longtemps, décrivant une boucle qui les ramena sur la route du village, après avoir un moment longé la rivière. Un pré les accueillit, celui où Matthieu avait souffert des foins soulevés par une râteleuse. L'herbe y était rase, à présent, et seuls quelques restes d'andains mal rassemblés dégageaient leur odeur légèrement poivrée mais délicieuse, ce soir-là, sous les premières étoiles qui s'allumaient enfin, la nuit commençant à s'étendre en grandes flaques grises sur la vallée assoupie dans la chaleur encore épaisse au niveau du sol.

Matthieu et Louise s'assirent l'un près de l'autre sur une murette à moitié écroulée, levant la tête vers le ciel qui leur semblait tout proche, auréolé de scintillements miraculeusement éclos au-dessus de la terre paisible.

— Quand j'étais enfant, tu m'emmenais dans un pré et nous nous couchions sur une couverture pour contempler le ciel, comme aujourd'hui, dit Matthieu.

— Oui, je me souviens.

Louise ajouta, se tournant vers lui :

— Et tu tendais le bras pour décrocher les étoiles.

— Ce que je me rappelle surtout, c'est que tu m'invitais à fermer les yeux quelques instants, puis à les rouvrir brusquement pour avoir l'impression de dériver dans l'univers.

— Oui ! Et je t'obligeais aussi à compter les secondes malgré ton impatience.

Matthieu sourit dans la pénombre, et demanda doucement :

— Est-ce que tu crois vraiment que nous irons là-haut ?

Louise laissa passer de longues secondes avant de répondre :

— Je ne crois pas.

Et, comme Matthieu avait tressailli :

— Est-ce bien nécessaire ?

— Alors tu ne croirais en rien, toi ?

— Bien sûr que si !

— Eh bien, dis-moi, Louise, j'en ai besoin.

Elle parut réfléchir, puis elle murmura :

— Tu sais bien que j'ai vu naître beaucoup d'enfants, je te l'ai déjà dit. Et ce que j'ai constaté c'est que sans leurs parents, ils ne vivraient pas.

Elle se mit à respirer plus vite, ajouta :

— Leur esprit est trop petit. Ils ne sont pas adaptés à ce monde. Et puis au fil des jours et des années leur esprit grandit de plus en plus, pour ainsi dire jusqu'à leur mort.

— Et alors ? fit Matthieu.

— Alors cela signifie peut-être que le but de l'existence, c'est simplement ça : faire grandir notre esprit et participer ainsi à l'œuvre immense de l'univers. Notre corps n'est qu'un instrument, et il devient inutile au bout de quelques années, c'est pour cette raison qu'il doit disparaître. Il ne sert plus à rien. Notre pensée, elle, demeure vivante, mais pourquoi aurait-elle besoin de monter jusqu'au ciel ?

Louise s'arrêta tout à coup, comme si elle s'apercevait qu'elle s'interrogeait à voix haute. Il y eut un long silence, puis Matthieu murmura :

— Avec Odile, comme nous ne pouvons pas avoir d'enfant, nous avons entamé une procédure d'adoption. Et aujourd'hui, à cause de ma maladie, je me demande si j'ai le droit de la mener à bien.

Louise prit les mains de Matthieu :

— La seule chose dont je sois sûre, dit-elle, c'est que c'est toi qui m'as sauvé la vie en venant me rejoindre à trois ans.

Ils se turent. Maintenant la nuit était tombée, mais la lune éclairait faiblement le pré et les arbres de la lisière où semblaient errer des ombres mystérieuses. Un chat-huant passa, toutes ailes déployées, sans un cri, sans un bruit.

— Je ne te dis pas ça pour que tu restes près de moi, reprit Louise. Je ne me le permettrais pas. Je suis certaine que dans quelques jours tu sauras ce que tu dois faire : tu auras retrouvé Odile et tu auras tous les éléments pour décider de ta vie.

Elle ajouta, un ton plus bas :

— Tu ne vas pas mourir, Matthieu, tu vas vivre.

— Puisque c'est toi qui me le dis, je le crois, fit-il.

Un souffle de vent presque frais se leva et vint caresser la peau de leurs bras et de leur visage, les faisant frissonner.

— Et Paul ? fit-elle. Le pauvre ! On l'a laissé seul !

Ils repartirent vers la maison, marchant rapidement sur la petite route entre les haies vives pleines de murmures et de la vie secrète de la sauvagine. Peu avant d'arriver, Louise s'arrêta et dit :

— Viens !

Elle prit Matthieu dans ses bras et ils restèrent un long moment enlacés, puis elle se dégagea en disant :

— Promets-moi seulement de toujours lutter avec la même détermination que moi.

— Je te le promets, Louise.

— Merci !

Paul les attendait sur le banc, sans la moindre mauvaise humeur, ce soir-là, contrairement à son habitude. Ils s'assirent près de lui, écoutant respirer la nuit la plus courte de l'année, où passaient par moments des chauves-souris dans des battements d'ailes aussi légers qu'elles. Le clignotement des étoiles paraissait vouloir alerter les vivants sur une vérité lointaine, depuis longtemps oubliée. Des signes semblaient inscrits tout là-haut, qu'il aurait été important de déchiffrer, mais que signifiaient-ils ? Matthieu renonça à comprendre et tressaillit à la question de Paul :

— Tu dois partir tôt ?

— Oui, j'ai rendez-vous l'après-midi.

— Alors on ferait mieux d'aller dormir.

Il se leva, s'éloigna de quelques pas, puis il fit demi-tour et se planta devant Matthieu qui s'était levé lui aussi. Il l'embrassa, mais ne prononça pas un mot. C'était là sa manière de maîtriser son émotion, et Matthieu ne l'ignorait pas.

Une fois dans la salle à manger, Louise l'embrassa aussi en disant :

— Dors bien, mon homme ! Demain matin, je te réveillerai.

— Merci, Louise.

Malgré la perspective de son départ, Matthieu dormit bien. Il se sentait apaisé, nulle angoisse ne comprimait sa poitrine, et il était réveillé quand Louise vint frapper à sa porte à six heures.

Ils déjeunèrent en silence, mais il sembla à Matthieu que Louise et Paul se forçaient à demeurer muets. Sans doute Louise avait-elle fait la leçon à Paul pendant la nuit : surtout ne rien dire, ne rien montrer : laisser Matthieu libre. Ils s'embrassèrent une dernière fois dans la cour, près de la forge silencieuse, puis Matthieu s'approcha de sa voiture, se retourna une nouvelle fois vers Paul et Louise : il avait pris son bras et tous deux souriaient. Cette force et ce courage remuèrent tellement Matthieu qu'il s'assit au volant le plus vite possible, puis il ouvrit la vitre et s'entendit lancer d'une voix qu'il ne reconnut pas :

— À bientôt !

Il manœuvra pour sortir, fit un signe du bras en passant devant eux, prit la route qu'il avait empruntée si souvent, roula très lentement jusqu'au village après avoir ouvert en grand les fenêtres. Le parfum mêlé de l'herbe, des feuilles, des arbres et de l'eau glissa dans la voiture et s'insinua délicieusement en lui. Maintenant, il savait, il en était sûr : il existait bien une île à l'écart des tempêtes où, dans la paix des saisons, il pourrait respirer sans crainte et sans douleur.

Christian Signol
au Livre de Poche
(Sélection de titres)

Au cœur des forêts n° 33082

Depuis son enfance, Bastien a toujours vécu dans la forêt. Il en connaît tous les mystères, tous les sortilèges qu'il révélera à sa petite-fille gravement malade. Pour Bastien, elle est comme une forêt fracassée par l'orage.

Bleus sont les étés n° 14950

Berger sur son causse natal qu'il n'a jamais quitté, le vieil Aurélien se désole de devoir mourir sans descendance, dans un hameau presque déserté. L'arrivée d'une famille de vacanciers parisiens bouleverse sa vie. Entre le jeune Benjamin et lui se noue une complicité immédiate.

Bonheurs d'enfance n° 14524

En 1958, à 11 ans, Christian Signol quitte son village natal, dans le Quercy, pour devenir pensionnaire à la ville. Le romancier rouvre aujourd'hui la porte à ses souvenirs : les arbres, les champs, les goûters près du fourneau, le garde champêtre, les fenaisons et les vendanges... Et puis aussi la petite école, l'instituteur, la découverte de la poésie à travers Victor Hugo…

Cette vie ou celle d'après n° 30380

C'est dans les solitudes du Vercors, son pays natal, que Blanche a décidé de se retirer. Quarante ans auparavant, elle s'était pourtant juré de n'y jamais revenir…

La Grande Île n° 30611

Une île sur la Dordogne, où vivent Bastien et sa famille. L'eau et la rivière sont leur univers, un paradis qui les fait vivre et les enchante. Si la guerre ne parvient pas à en briser l'harmonie, tout se dissout pourtant peu à peu, sauf le souvenir du bonheur, de l'enfance éternelle.

Nos si beaux rêves de jeunesse n° 34437

Jamais Étienne et Mélina n'auraient imaginé devoir un jour quitter les berges de la Garonne, les champs et le village. Ivres de liberté, insouciants malgré la pauvreté de leurs familles, ils vivent dans la certitude d'être faits l'un pour l'autre. Mais la crise qui bouleverse le pays met fin à cette enfance heureuse.

Pourquoi le ciel est bleu n° 32310

Il a fallu plus de quarante ans à Julien pour oser poser à son fils la question à laquelle sa mère avait répondu par une gifle cruelle quand il avait sept ans : « Pourquoi le ciel est bleu ? »

Se souvenir des jours de fête n° 34658

1939. À Toulouse comme ailleurs, les hommes qui refusent de voir grandir leurs enfants dans une Europe soumise aux nazis s'engagent et partent pour le front. Au pays, les femmes ne baissent pas les bras.

Un matin sur la Terre n° 31514

Au matin du 11 novembre 1918, trois soldats sont informés que le cessez-le-feu interviendra à onze heures. Si près de la délivrance, Pierre, fils d'un notaire du Périgord, Ludovic, instituteur cathare, et Jean, ouvrier parisien, se souviennent de leur passé et imaginent l'émotion des retrouvailles si proches.

Une année de neige n° 30050

Sébastien a 10 ans et la leucémie menace sa vie. Il n'a qu'une obsession : rejoindre dans le Lot ses grands-parents qui sauront éloigner de lui la peur et la mort. Il est sûr que, là-bas, il trouvera l'énergie pour lutter contre la terrible maladie qui l'affaiblit chaque jour davantage.

Une si belle école n° 32673

1954 : Ornella, jeune institutrice sur les hauts plateaux du Lot, doit affronter l'hostilité du maire, du curé et des habitants qui ont besoin de leurs enfants dans les fermes. Mais elle rencontre Pierre, l'instituteur avec qui elle partage la classe, et c'est le coup de foudre.

Les Vrais Bonheurs n° 30756

«J'ai toujours pensé que la beauté du monde était destinée à nous faire oublier la brièveté tragique de nos vies. Peut-être un cadeau de Dieu, s'il existe, comme je l'espère….»

Du même auteur :

Aux Éditions Albin Michel

Les Vignes de Sainte-Colombe :
1. Les Vignes de Sainte-Colombe (Prix des Lecteurs du Livre de Poche), 1996.
2. La Lumière des collines (Prix des Maisons de la Presse), 1997.

Bonheurs d'enfance, 1996.
La Promesse des sources, 1998.
Bleus sont les étés, 1998.
Les Chênes d'or, 1999.
Ce que vivent les hommes :
1. Les Noëls blancs, 2000.
2. Les Printemps de ce monde, 2001.

Une année de neige, 2002.
Cette vie ou celle d'après, 2003.
La Grande Île, 2004.
Les Vrais Bonheurs, 2005.

LES MESSIEURS DE GRANDVAL :

1. Les Messieurs de Grandval (Grand Prix de littérature populaire de la Société des gens de lettres), 2005.
2. Les Dames de la Ferrière, 2006.

UN MATIN SUR LA TERRE (Prix Claude-Farrère des écrivains combattants), 2007.

C'ÉTAIT NOS FAMILLES :

1. Ils rêvaient des dimanches, 2008.
2. Pourquoi le ciel est bleu, 2009.

UNE SI BELLE ÉCOLE (Prix Sivet de l'Académie française et prix Mémoire d'Oc), 2010.

AU CŒUR DES FORÊTS (Prix Maurice-Genevoix), 2011.

LES ENFANTS DES JUSTES (Prix Solidarité-Harmonie mutuelle), 2012.

TOUT L'AMOUR DE NOS PÈRES, 2013.

UNE VIE DE LUMIÈRE ET DE VENT, 2014.

NOS SI BEAUX RÊVES DE JEUNESSE, 2015.

SE SOUVENIR DES JOURS DE FÊTE, 2016.

LA VIE EN SON ROYAUME, 2017.

Aux Éditions Robert Laffont

LES CAILLOUX BLEUS, 1984.

LES MENTHES SAUVAGES (Prix Eugène-Le-Roy), 1985.

LES CHEMINS D'ÉTOILES, 1987.

LES AMANDIERS FLEURISSAIENT ROUGE, 1988.

LA RIVIÈRE ESPÉRANCE :

1. La Rivière Espérance (Prix La Vie-Terre de France), 1990.
2. Le Royaume du fleuve (Prix littéraire du Rotary International), 1991.
3. L'Âme de la vallée, 1993.

L'Enfant des terres blondes, 1994.

Aux Éditions Seghers

Antonin, paysan du Causse, 1986.
Marie des Brebis, 1989.
Adeline en Périgord, 1992.

Albums

Le Lot que j'aime, Éditions Les 3 Épis, Brive, 1994.
Dordogne, voir couler ensemble et les eaux, et les jours, Éditions Robert Laffont, 1995.
Une si belle école, Éditions Albin Michel, 2014.

PAPIER À BASE DE FIBRES CERTIFIÉES

Le Livre de Poche s'engage pour l'environnement en réduisant l'empreinte carbone de ses livres. Celle de cet exemplaire est de :
250 g éq. CO_2
Rendez-vous sur www.livredepoche-durable.fr

Composition réalisée par Lumina Datamatics, Inc.

Imprimé en France par CPI
en février 2018
N° d'impression : 3026886
Dépôt légal 1re publication : mars 2018
LIBRAIRIE GÉNÉRALE FRANÇAISE
21, rue du Montparnasse - 75298 Paris Cedex 06

73/8986/7